I0747824

SANGRE POR LA HERIDA

UNA NOVELA DE LA SAGA RITUALES por A.J. Soifer

01

El calibre .38

Nada como tener el caño de un calibre .38 apuntándote directo a la cabeza para replantearte un trabajo.

Esperaba una noche tranquila. Una noche más de trabajo. No esto.

El adicto que me apunta me grita y en el grito escupe baba y mueve el brazo nervioso, el pecho desnudo, la espalda encorvada, el pelo sobre la cara, el cejo fruncido en una expresión de furia, los ojos inyectados en sangre, los calzoncillos rotos y sucios, las medias blancas con las que pisa el pasto mojado ennegrecidas.

La chica está adentro, del otro lado de la ventana. También grita. Se tapa el cuerpo desnudo con las sábanas que no disimulan sus curvas. Esta mierdita que me apunta no la merece. Y no es suya.

Siento algo de pena por este infeliz. Cometió dos errores: se acostó con la mujer de mi jefe y me está apuntando al parietal derecho.

Trato de pensar con claridad pero no puedo sino recordar cómo es que llegué acá.

Imágenes de la noche: un bar decadente lleno dc borrachos melancólicos; una banda de rock donde el tipo que me apunta y me grita cantó unas baladas desgarradas y deprimentes, un par de mesas alrededor del escenario y Lucía, la morocha que ahora llora detrás de la ventana y que se tapa los pechos con las sábanas desparramada sobre la cama, tomando algo, relajada, asintiendo con placer ante las melodías, la única interesada en el triste espectáculo de la banda.

Después la pelea cuando un borracho arrojó una botella, la salida del escenario de los músicos y Lucía que se levantó y siguió hasta el fondo a Charly Brun, el tipo a quien ahora le quedan apenas unos minutos de vida aunque no lo sepa.

Si yo estuviera del otro lado sosteniendo la .38 también me creería el dueño de la situación. Pero este nene de papá no me conoce, no sabe de lo que es capaz Mario "la Iguana" Quiroz.

Cosas del trabajo. ¿Mi trabajo? Guardarle las espaldas a Walter Ayala. Una pequeña basura peruana que vino a este país para exprimirle billetes a los adictos al polvo blanco.

El trabajo paga bien, a veces tiene vértigo, como esta noche pero más que nada me permite olvidarme de mi otra vida, cuando fui Policía. Una vida que se terminó hace un año y desde entonces todo fue en picada para mí.

Entonces me tranquilizo. La adrenalina destapa mis sentidos, me vuelve rápido, ágil, despierto, me hace olvidar.

Es fácil saber cuando una persona nunca antes le disparó a otro hombre: su pulso es tembloroso, su cuerpo se sacude al ritmo de los nervios, la transpiración corre por su cara y su voz vacila. Una persona que nunca mató a otra prefiere amenazar antes que disparar. Más cuando tiene mucho que perder.

Este chico tiene todo para perder. Esta casita sencilla de barrio residencial tranquilo, cercano a las vías de comunicación rápida con la ciudad, el esfuerzo de toda una vida de trabajo y sacrificio; su banda de rock, sus amigos, las seguidoras que se arrastran a su cama. Como Lucía. Estoy seguro de que Charly no sabe quién es Lucía.

—Estoy trabajando, no te pongas así.

—¡Dame la cámara!

Hay un momento en el que hay que decidir si vale la pena arriesgarse. Hasta qué punto se puede tensar la cuerda. En qué momento el que nunca le disparó a otro hombre se siente dispuesto a ensuciarse las manos por primera vez. Mi trabajo muchas veces consiste en aprovecharme de las dudas de los tipos como él.

La casa gana, el cliente pierde.

—Vendo las fotos.

Está por disparar.

—A una revista de espectáculos.

Afloja los músculos un milímetro.

Soy un mercenario, en eso no miento.

La tranquilidad se disipa pronto, apenas le di un poco de ánimo. "Sí, a mí" piensa "llegué a las revistas". Pero por muy drogado, borracho y empapado de lujuria que esté, todavía le queda algo de seso en esa cabeza rapada que sólo parece servirle para transportar la cara con la que no oculta una mezcla de egolatría y miedo.

—A mi no me vas a cagar, dame la cámara.

—No puedo.

Tiembla. Duda. Podría intentar terminar con esto acá, pero todavía necesito a la chica. Y las fotos, claro. Necesito mostrarle a Wally Ayala que su novia estuvo revolcándose con este tipo.

No hago preguntas. Ese no es mi trabajo. Yo ejecuto órdenes. Esta noche el peruano me ordenó que la siguiera, que sospechaba que estaba con otro y que lo comprobara para él. Y acá estoy.

Casi nunca hay sorpresas. No existe tal cosa como "la sospecha de una infidelidad". Existe la certeza y la necesidad de no creerlo. Para eso estamos los detectives privados: por una retribución hacemos el trabajo sucio de confirmar eso que el damnificado niega en su cabeza para no tener que aceptarlo.

—Hagamos esto simple: bajá el arma, salgo de tu propiedad y nos olvidamos del asunto.

Mira para todos lados. La etapa paranoica después del subidón.

—Vamos, podemos dejarlo acá.

—Callate —grita.

La chica llora más fuerte. Lucía. Es una hermosa mujer y me gustaría que no se encontrara en esta situación. Ella sabe lo que va a pasar. Conoce lo suficiente al Inca Ayala.

Entonces veo que la .38 se agita acelerada en la mano temblorosa de Charly Brun. Subestimar una situación es el error que más vidas se cobra entre los que estamos en este negocio. Y en este momento siento que la situación se me está escurriendo entre los dedos.

Tengo que recuperar el control.

—¿Por qué no nos tranquilizamos un poco? Hablemos, haceme pasar a tu casa, nos sentamos, te muestro las fotos que saqué…

Duda.

—¿Vas a borrar las fotos?

—Las que vos me digas.

—Mostrame.

—Vamos adentro y te las muestro con tranquilidad. No vas a querer que algún vecino nos vea acá, así como estás.

Vuelve a dudar. Piensa que en su territorio, en su casa, puede tener mejor control.

—Entrá —dice sin dejar de apuntarme.

Paso por la puerta con los brazos en alto. Lucía corre hasta el living con la sábana atada al cuerpo.

—¿Qué hacés? ¿Cómo lo dejaste entrar?

—CALLATE —le grita.

Lucía se abalanza encima suyo intentando manotearle el revolver.

—¿Estás loco? ¿No sabés quién es? Trabaja para el Inca.

El tipo le cruza la cara con el revés de la mano con la que sostiene la .38. La chica cae al piso con un hilo de sangre rajándole la comisura de los labios.

Lucía. Que hermosa sos Lucía. La sábana que la cubre parece una mortaja que envuelve su cuerpo pálido. Sus ojos son dos pequeñas piedras de jade en medio de las manchas negras del rimmel barato corrido por las lágrimas y la transpiración.

Le paso la cámara encendida al tipo.

La toma entre sus manos y empieza a pasar las fotos. Charly Brun en su mejor hora; su mejor performance. La .38 especial ya no me apunta, mira al techo.

Toda una noche de trabajo en fotos: Lucía saliendo de un departamento, entrando al bar donde tocó la banda, la salida acompañada, el viaje en auto hasta acá, cuando aspiraron la coca, sus cuerpos desnudos y el sexo hasta el momento en que él se levantó de la cama y salió de la escena. Entonces son fotos de Lucía sola, fumando, satisfecha hasta que apareció el infeliz en el jardín a los gritos con su Smith & Wesson modelo 19 especial calibre .38.

—Esto es lo que vamos a hacer —me dice— voy a borrar estas fotos, me voy a quedar con la cámara por la molestia y la próxima vez que te vea por el barrio te voy a meter un cuetazo en una rodilla —levanta la vista con una sonrisa de triunfo entre los labios.

Su cara cambia de expresión en el instante mismo en el que ve que ahora soy yo el que lo apunta con una Browning Hi-Power Mark III de 9 mm. Soy un sentimental pero a la hora de confiar mi vida a una pistola prefiero la fría precisión de una semiautomática belga.

Disparo. Una bala directo al pecho. Cae de espaldas al piso.

—No —le digo.

Lucía grita. Me llevo el dedo índice a los labios para que se calle. Llora. Se arrastra por el piso desnuda.

El tipo se agita en un charco de su propia sangre. Parece como si fuese un pez al que se acaba de sacar del agua, intentando que le entre aire a los pulmones agujereados. Su pecho sube y baja en un último esfuerzo desesperado por seguir respirando, sus ojos suplican piedad, intenta decir algo, abre la boca y escupe sangre.

Me paro al lado suyo con cuidado de que su sangre no me manche mis zapatos.

—Principante —digo y le meto un tiro en la cabeza.

02

El charquito

¿Matarías a tu propia madre? Trabajo para un tipo que se dice que lo hizo. El que me está pagando para que le lleve a Lucía.

Se llama Walter Ayala y le dicen "el Inca".

El Inca Ayala nació hace veintisiete años en Celendín, una ciudad mediana de pintoresca arquitectura colonial asentada en un valle al norte de Perú.

Como en toda región andina empobrecida donde la naturaleza es más gentil en prodigios que en material humano, Celendín se convirtió en las últimas décadas en un centro de producción de hoja de coca. Los peruanos la cultivan, producen la pasta base y la meten en nuestras fronteras donde se termina de procesar y se despacha para afuera directo a las fosas nasales de jóvenes de buenas familias en otras partes del mundo.

Ayala es un tipo que no genera miedo de entrada: tiene complexión liviana y aspecto inocente pero las apariencias engañan y el peruano es un depredador. Dicen que no nació exactamente en Celendín, que su madre lo fue a parir al monte bajo un rito chamánico y que eso es lo que le da la fuerza y la inteligencia sobrehumana que lo caracterizan. La realidad es que apenas es el hijo de una prostituta que lo parió en una de las callejuelas de tierra laterales que salen a la plaza de armas, una noche solitaria bajo el pálido reflejo de la luna sobre las cúpulas azules de la Catedral. ¿Acaso no es esa una imagen de sórdida belleza? La leyenda y el hombre se confunden.

Quizás fue eso lo que llevó a Lucía a caer en su trampa. No fue la única. Antes estuvo Natalí, pero ya estaba muerta cuando lo conocí. Algunas mujeres huelen el poder y el dinero con el enamoramiento con el que las moscas huelen la mierda.

¿Conocerá Lucía la historia del Tómbola? A mi me tocó conocerlo y despedirlo durante mi primer día en este trabajo.

¿En que se parecen las mujeres a los cangrejos?

¿La respuesta?

En que son solo piernas y en el cerebro tienen porquería.

¿No causa gracia? Diría que hay que preguntarle al Tómbola a ver qué le pareció. Se lo puede ir a buscar a tres metros bajo tierra.

Ayala reía tras contar el chiste junto a los hermanos Edgar y William Flores, sus dos manos derechas, y un poco más alejado de la ronda estaba Ángel Quispe. Le decían El Tómbola y era uno más de la banda de Wally Ayala. Fiel y cumplidor, había estado siempre con él desde el comienzo y nunca lo había traicionado. Al menos eso era lo que todos creían. Pero el Inca no creía lo mismo. En este negocio saber o no saber algo puede significar la diferencia entre vivir una noche más o no.

Ese día Quispe no se rió con el chiste de Walter y eso no le gustó al capo.

Lo encaró al Tómbola.

—¿Qué pasa? ¿te molestan mis chistes?

—Es que no estoy de humor.

El que no estaba de humor era el Inca. Se rumoreaba que el Tómbola había traicionado a Walter con un viejo enemigo, el Samurai.

No respondió a la provocación del grandote. Al menos no lo hizo con palabras. La siguiente escena se sucedió a partir del impacto de su puño cerrado contra la nariz del Tómbola. Recuerdo el ruido de su tabique rompiéndose, la sangre salpicando para todas partes como si lo estuviese viendo y escuchando ahora mismo. Ángel Quispe se tambaleó atontado pero sin perder todavía el equilibrio, era robusto, le sacaba una cabeza a Wally Ayala. El jefe no lo dejó reaccionar y conectó de inmediato un derechazo que le descolocó la mandíbula y lo mandó contra la pared. Los puños del Inca se movieron como una ráfaga que convirtió la cara del pobre diablo en una masa sanguino-lienta irreconocible.

Cuando estuvo muerto en el piso, Ayala se volvió hacia los hermanos Flores y dijo:

—¿Saben por qué las mujeres son electrizantes?

William y Edgar alzaron los hombros sin respuesta.

—*Por lo corriente* —dijo Ayala y rieron todos juntos.

Vuelvo a mirar a la chica un instante. Tiene la cara estropeada de maquillaje corrido, la ropa arrugada, el pelo revuelto y sucio.

—Sabés quién soy —afirmo.

No me responde, pero me dedica una mirada desafiante.

Ayala creció en los barrios bajos de Celendín. Su madre nunca dejó la prostitución y cuando el futuro capo tuvo edad de entender por qué tantos hombres distintos pasaban por la casilla precaria donde convivía con ella sintió un asco tal que lo llevó a irse. Durmió en las calles una semana, viviendo de limosna, pidiendo frente a la Catedral. Una tarde su madre lo encontró y lo llevó de vuelta de las orejas a ese cuarto dividido por una cortina que hacía de mampara.

Lo que pasó después también se perdió en la nebulosa de la leyenda y lo que Ayala oculta de su propia vida. La versión más difundida dice que la madre borracha le apuntó a la cabeza con una pistola.

—*¿Por qué me dejaste? ¿acaso no entiendes el sacrificio que hago por nosotros?*

El chico lloraba.

—*Ahora voy a tener que disparar. Si tan solo me hubieras dado otra posibilidad…*

Entonces lo hizo. Le disparó a su propio hijo en la cabeza, pero el arma estaba descargada.

Una línea líquida serpenteó por los pantalones del chico y terminó en un charquito debajo de sus piernas.

—*¡Te measte!* —gritó la madre envuelta en la alegría de una carcajada sádica.

Todo el cuerpo de Walter temblaba. Su madre le tomó la mano con delicadeza, la apoyó contra una mesada, la acarició y sin aviso descargó un culatazo en el dedo meñique que le fracturó el hueso.

Durante dos meses el chico vivió encerrado en la casa de dónde su madre no lo dejaba salir ni siquiera para ir a la escuela hasta que volvió a encontrar la oportunidad para huir. Supo que tenía que intentar algo diferente si no quería que su madre volviera a llevarlo de las orejas.

Atravesamos a toda velocidad el asfalto de la autopista. El tablero indica 120 km/h.

Walter Ayala tenía doce años cuando se perdió en el cerro escapando de su madre.

El hambre y la sed lo atormentaron durante dos días pero cada vez que estaba a punto de rendirse y regresar a su casa se miraba el dedo meñique. Había tardado dos meses en volver a soldarse el hueso. Había quedado torcido a pesar de todo y la humedad en la altura del cerro le aguijoneaba en el centro exacto donde su madre se lo había partido.

¿Habrá sido ese momento en el que decidió que tenía que matarla?

—¿Por qué te enganchaste con un tipo como Walter? —le pregunto a Lucía.

—¿Y a vos qué mierda te importa?

—¿Valió la pena al menos?

—Andate a la puta que te parió.

Tiene carácter la pendeja.

Walter, agotado y deshidratado, sintió que estaba a punto de morir. Desparramado en el pasto, los insectos comenzaron a posarse sobre él, alimentándose de su sangre todavía caliente.

Lo despertó la punta de un palo sobre las costillas. Lo dieron vuelta. Quedó de cara al cielo y vio a un tipo sosteniendo una pistola que apuntaba a su cara.

Lo levantaron del piso, lo llevaron al campamento en la jungla y se lo presentaron a Don António.

El capo tomó una larga caña de bambú y sin mediar palabra le dio un golpe al chico en las costillas. Luego otro y otro. Y siguió. En las piernas, en los brazos, en la cabeza. Walter no reaccionaba. Recibía el castigo en silencio, como si nada de todo eso estuviese sucediendo, como si nada fuese real o no sintiera dolor en absoluto.

—*¿De dónde sacaron a este niño?* —dijo cansado el brasilero al tiempo que arrojaba la caña de bambú a un costado.

Sus hombres le explicaron.

Don António observó al muchacho detenidamente. Tenía ahora el cuerpo llagado, envuelto en sangre que le había extraído a puro golpe.

—*¿Qué quieres con nosotros?*

Walter alzó la cabeza y sin dudar dijo:

—*Agua. Comida. Un lugar donde dormir.*

El brasilero entendía un poco de español, un poco de lengua indígena brasilera-peruana, buen portugués pero mucho mejor entendía el idioma de la violencia.

—¿Y qué eres capaz de hacer para nosotros? apenas eres un niño —extendió un dedo ennegrecido en el mentón del chico y acarició su rostro con el filo de la uña larga y amarillenta.

En ese momento Walter Ayala decidió su futuro.

Atravesamos en silencio los siguientes dos kilómetros de autopista. El tránsito está ligero y por un mínimo instante pienso que quisiera que no fuera así, que se retrasara todo porque una vez que entremos a la capital voy a tener que llevar a Lucía con Walter Ayala. El tipo que mató a su madre.

—¿Cómo puedes demostrarnos que vales que te tengamos aquí? ¿por qué deberíamos alimentarte y confiar en ti?

—Yo sé cómo.

Y lo hizo. Esa fue la prueba con la que le mostró su valía al jefe narco brasilero.

Lo hicieron engordar una semana y le pusieron sobre la mesa una 9 mm. Walter Ayala bajó de vuelta al pueblo. Una lluvia tropical barría las calles desiertas y embarradas. Empapado como estaba, se dirigió a la casa de su madre. Los sonidos del sexo se escuchaban desde la calle, supo que ella estaba allí adentro.

Entró con precaución, los gemidos detrás de la cortina eran intensos. Vio las sombras entrelazadas. Eran tres cuerpos. Sintió asco, esa repulsión que lo había llevado a a irse la primera vez. Corrió la cortina. Su madre se encontraba en el medio de dos hombres gordos, peludos, grasientos con sus pequeños penes morados en la mano.

Disparó sin pestañear. Descargó el cargador. Los cuerpos se amontonaron uno encima del otro. Salió a la calle. La lluvia corrió la sangre que le había empapado la cara, se diluyó en un pálido morado sobre los charcos de barro.

El peaje nos detiene. Una larga fila de autos tocan bocina. Debería haber tomado el camino lateral.

—Vamos a tener un rato para conversar —le digo a Lucía y giro la cabeza para mirarla.

Me responde con cariño: la planta de su zapatilla se estampa contra mi cara. Veo estrellas mientras ella abre la puerta y se arroja afuera del auto. Primero se tambalea, luego recobra el equilibrio y corre, salta la valla y ya está lejos.

Tardo en reaccionar. Estoy viejo, pienso de vuelta. Me palpo el pecho hasta que encuentro la Browning en la sobaquera. Está ahí, donde tiene que estar. La saco de su estuche, abro la puerta y salgo corriendo detrás de Lucía.

03

Los monoblocks

La noche está pegajosa y húmeda, siento frágiles los huesos, un tirón en el muslo, miro para todos lados: ¿a dónde se fue la pendeja? El tipo que tiene el auto atrás del mío me toca bocina, saca medio cuerpo por fuera de la ventanilla, me insulta. Le muestro la Browning que resplandece bajo las luces de la autopista. Se queda duro un instante, se vuelve a meter a dentro del coche y me hace un gesto con la mano de tranquilidad.

¿En qué estaba? La pendeja. Intento correr pero el cuerpo me pesa, la humedad me estropea.

Detrás de la valla de la autopista hay una pequeña barranca de pasto en bajada que desemboca en un camino descuidado y angosto. Dos oscuras moles tipo monoblock se alzan al costado formando una manzana pequeña que termina en una estación de servicio desolada en la esquina.

El pasto de la barranca está húmedo y distingo pisadas recientes.

Salto la valla de cemento y bajo con cuidado. Cruzo el camino y llego a los pasillos de primer bloque habitacional.

—Lucía vení, no hagamos las cosas más difíciles —grito pero sólo me responde el eco que choca en las columnas de hormigón que sostienen la mole habitacional. Es un laberinto monótono y repetitivo; por lo tanto predecible: columnas, bicicletas amarradas a cualquier cosa que pueda servir como poste, puertas cerradas.

Camino ligero, la pistola apuntando al piso y el oído alerta. El goteo de una canilla, un ladrido lejano, las paredes graffitteadas, las bocinas de los autos en el peaje. Una sombra que se mueve. La veo al fondo detrás de una segunda hilera de columnas. Corro detrás de ella.

—¡Lucía!

Se escapa. Distingo a lo lejos su melena negra sacudiéndose al viento. Tiene unos cincuenta o sesenta metros de ventaja. Tengo que parar un instante a respirar. Me doblo, el pecho arde, siento como me pincha el aire en los pulmones. "La puta madre". Vuelvo a caminar a paso rápido, empiezo a trotar. Ahora la veo cruzar al otro monobloque. Su figura está clara durante unos pocos segundos debajo del cielo estrellado sobre el camino que comunica los dos edificios. Veo su imagen como detenida durante un instante en el tiempo: su silueta asustada recortándose sobre el manto plateado del cielo. Una estampa bella y cruel. Corro detrás de su sombra. Ahora la tengo bien a la vista, se mete en los pasillos de la segunda unidad habitacional y cuando cruzo el estrecho la vuelvo a perder. Me detengo un instante más para respirar hondo.

—¡Lucía! —escupo casi sin aire.

Miro en todas las direcciones, columnas pintadas de verde musgo, todas idénticas, podría estar atrás de cualquiera de ellas.

Puedo escuchar su respiración a mis espaldas. Se cuelga de mi cuello. Como si fuera un mono enloquecido se aferra con los brazos y las piernas acurrucadas contra mis costillas. Me patea desesperada. La humedad me entumece los músculos. Tengo que levantar el brazo y dispararle. Con eso se termina todo.

Balancea el peso de su cuerpo hacia adelante. Se me doblan las piernas. Siento cómo las rodillas tocan el suelo transpirado. Luego sigue el resto del cuerpo. Amortiguo la caída con las manos y en el impacto se me escapa de los dedos la pistola que se desliza dos metros.

Lucía está encima mío, patalea y grita. Intento estirarme, arrastrarme hasta alcanzar la pistola. Mis movimientos la alertan, alza la cabeza, estoy rozando la punta de la culata, un movimiento más y esta noche se termina de una vez. Lucía me empuja la cabeza con ambas manos hasta el suelo, apoya el peso de su cuerpo en sus manos y da un salto hacia adelante. Me gana y cuando me logro volver a poner de pie la veo frente mío apuntándome a la cara. Levanto las manos.

Lucía me mira con odio. La pistola tiembla en sus manos.

—No hace falta que hagamos esto —le digo.

Es una fracción de segundo pero llego a verlo: el dedo posado sobre el gatillo se mueve y ya está hecho. Dispara. Siento como el beso del plomo me raja la mejilla y un hilo diminuto de sangre vuela por los aires. Es todo demasiado rápido y confuso. Tocado.

Durante un instante no tengo control de mi cuerpo; es como si el alma se me hubiera desprendido del cuerpo y se hubiera elevado para observar desde afuera porque me veo en el aire dando un giro de cuarenta y cinco grados y luego, de nuevo, sobre el hormigón húmedo que me recibe como un nicho para el que todavía no estoy hecho.

Lucía corre. Estoy tocado pero no hundido. Ese es el trágico error de Lucía que no sabe que sigo acá, respirando, y que la sangre surcándome el rostro me despertó del letargo.

Acaricio el suelo. Esta noche iba a ser fácil. Solo tenía que sacar unas fotos.

Me revuelco en el piso, apoyo las rodillas y me sostengo con las manos hasta que logro recuperar la fuerza para comenzar a ponerme de pie.

¿A dónde te fuiste Lucía? Tengo un presentimiento. Un brillo metálico en el pasto de la barranca me pone en camino nuevamente. Recojo la pistola que está húmeda de rocío.

Es el segundo error que comete Lucía. El primero fue no asegurarse de que estuviera muerto.

El miedo siempre es el peor enemigo porque es el que te hace cometer los errores estúpidos.

Hay una estación de servicio al final del camino, frente al tercer bloque de monoblocks. Acelero el paso.

Dentro del minmercado de la estación de servicio, las sombras se van aclarando con cada paso que me acerco: hay un tipo detrás de la caja, un playero apoyado sobre el mostrador y una chica vestida de negro.

Lucía me da las espaldas y veo como mueve los brazos agitada. El tipo detrás de la caja y el playero, con sus uniformes naranja y amarillo parecen payasos sin gracia. Las puertas automáticas se abren a mi paso. Levanto la pistola y apunto a la espalda de Lucía que ahora la escucho, está pidiendo a los empleados que llamen a la policía.

Los tipos empalidecen. El cajero me señala con el dedo. Lucía se da vuelta y me ve.

—Llamen a la policía, por favor —suplica una vez más con voz seca y atragantada.

Ellos saben.

El que conoció a un policía conoce a todos los policías.

—Vamos —le digo y muevo la pistola con dirección a la salida. Lucía me sigue. No tiene otra opción y lo sabe.

Subimos a la autopista en un silencio que sólo se ve interrumpido por los sollozos que intenta atragantar.

—Ni se te ocurra intentar otra gracia o te quemo acá mismo.

Mi auto sigue donde lo dejé, en el medio de la vía que ahora ya está vacía. Le indico que entre, subo yo también y busco en la guantera el par de esposas.

—No quería llegar a esto pero no me dejaste opción —le digo mientras en dos movimientos le engancho las muñecas.

—Entonces es verdad —dice Lucía.

—¿Qué?

—Sos policía.

—Ya no, nena.

Abre la boca pero no llega articular ninguna palabra.

—Sí, ya sé —le digo.

Pongo primera y piso el acelerador a fondo.

04

El cajamarquino

Entramos a la ciudad apenas pasada la medianoche.

—Tengo que reconocerte las agallas —le digo.

Lucía no responde.

El semáforo se pone en rojo. Detengo el auto. Las calles están vacías y oscuras. Me siento inquieto y molesto

—No tengo nada en contra tuyo —le digo.

Reflexiono.

A Lucía le tiemblan los labios.

—Sos un cínico hijo de puta.

—Lo siento —le digo. Estoy siendo sincero.

—Guardate tu lástima.

Trago saliva y estoy a punto de responderle cuando me interrumpe.

—¡Cuidado! —grita y se arroja encima mío, me baja la cabeza con las manos esposadas. Los disparos atraviesan el parabrisas. Acaba de salvarme la vida.

Me deslizo abajo suyo, y ya tengo la pistola en la mano.

—Quedate acá abajo —le grito.

Veo el espejo retrovisor. Dos tipos se acercan con pistolas en la mano, uno a cada lado. Atrás suyo una Ford Ranger 4x4 azul marino con los faros prendidos.

Es el tipo de vehículo que suelen usar los de la banda del Loco Bautista. Me pregunto si nos vienen siguiendo o si nos reconocieron porque pasamos por sus calles.

Me acurruco contra el asiento y abro la puerta. Con medio cuerpo afuera del coche disparo a la figura oscura y tenebrosa que se aproxima de mi lado. Las balas repican en el piso pero no le dan. Los tipos corren atrás de la camioneta y disparan. Los cristales de las ventanas caen encima nuestro.

—¿Estás bien?

—¡Sí! —grita Lucía.

Más disparos se incrustan en la puerta abierta. Vienen por Lucía. El acompañante de ellos se acerca sigiloso por su lado mientras el otro lo cubre a los tiros. Me arrodillo, el zumbido de las balas es ensordecedor, el tipo que viene por la chica está a pasos del auto.

Apunto, siento el pulso tembloroso, se suponía que era una noche tranquila y ya intentaron matarme tres veces. Disparo, vacío el cargador, y con la última bala que sale de mi vieja Browning el pecho se le tiñe de rojo y se desploma. El otro sigue disparando como si no hubiera pasado nada. Tenemos que salir de acá. El motor todavía está prendido. Bajo la cabeza y me pongo al volante, piso el embrague, pongo primera y estamos andando.

Apenas asomo los ojos por encima del tablero; el parabrisas está todo astillado, con la culata de la pistola barro los vidrios. Segunda, tercera, picamos por las calles.

La Ranger nos persigue, puedo sentirla a metros nuestro nada más. Se pone a tiro y asoma el cuerpo para disparar. Las balas se pierden en vidrieras de negocios, paredes, un cartel de "cuidado colegio". Las calles están desiertas y las puertas y ventanas de los edificios bien cerradas.

Acelero y cuando llego a la esquina veo la oportunidad. En la intersección con la siguiente calle doy un volantazo violento a la izquierda, la Ranger intenta lo mismo pero demasiado tarde, la camioneta pierde el balance, las gomas patinan sobre el asfalto chirriando y termina con la trompa incrustada de frente contra un árbol carnoso y centenario. Detengo el coche. Cambio el cargador.

—No te muevas —le digo a Lucía.

Bajo y camino hasta donde quedó la Ranger azul estampada contra el árbol. El conductor está contra el volante, enchastrado de sangre que le sale de una herida en la frente. Abro la puerta y lo agarro del pelo, lo tiro para atrás.

Su boca es una masa de sangre y dientes rotos.

Le apoyo el caño de la Browning en la nuca.

—Te mandó el Loco Bautista?

El tipo me mira con los ojos achinados y asiente con un balbuceo.

Aprieto el gatillo dos veces y empujo con furia su cabeza contra el volante.

Vuelvo al coche.

—Me salvaste la vida —le digo a Lucía.

Se levanta con lentitud.

—¿Ya está?

—Están muertos —me detengo un segundo —¿por qué lo hiciste?

—¿Qué?

—Salvarme la vida.

—No sé.

Prendo el motor y arranco. No nos dirigimos la palabra durante el resto del trayecto.

Estaciono frente a la fachada de *El cajamerquino*, el restaurante peruano de Walter Ayala.

Bajo del auto, abro la puerta del acompañante y la hago bajarse a Lucía.

El restaurante está casi vacío, sólo hay algunos habitués un tanto lamentables y familias con chicos ruidosos que devoran sus anticuchos, ajíes de gallina, esos pollos a las brasas grasosos y la especialidad de la casa: cuy frito con picante de papa. Cuando estoy acá adentro agradezco haber perdido el olfato, pero lo percibo en la nariz fruncida de la chica, que se asquea sin poder evitarlo con el olor a pescado frito, el chillido de la televisión descolorida clavada en un canal andino y la música regional que se acopla desde el equipo de sonido antiguo detrás de la caja. Las paredes de rosa viejo, gastado y sucio, las lámparas de tubo con su luz fría y zumbante y el retrato solitario del inca Atahualpa en la pared del fondo del mostrador completan el cuadro de la fachada legal de Ayala para conducir sus negocios. Saludo con un gesto de la cabeza a Patricio, el encargado de caja, un peruano morocho, petiso y panzón, tan feo como fiero a la hora de sacar borrachos de la cantina.

Caminamos directo hasta el final del ambiente rectangular que termina en una puerta a la cocina, los mozos se hacen a un lado cuando me ven pasar. Las cucarachas andan sin cuidado entre las ollas, las fuentes de plástico blanco ennegrecido que contienen los ingredientes con la que se cocinan los platos: tripas, vísceras, viscocidades de pollo, pescado y arroz precocido.

Al final de la cocina hay una puerta de servicio. Golpeo con los nudillos suavemente, me anuncio y la puerta se abre.

Pasamos a la jaula.

Milton Mamani, un tipo delgado y alto, con una espalda sólida y ancha nos recibe.

—Le traigo su paquete al jefe.

Milton sonríe.

—Esto le va a gustar —posa un dedo roñoso sobre la barbilla de Lucía y la obliga a levantar la vista.

—¿Te gusta lo que ves? Cagón de mierda —le dice Lucía en la cara.

El tipo dibuja una sonrisa cruel en la boca.

—Espero que el jefe me deje entrarte entre las piernas bien mojaditas antes que se aburra de vos y te deje tirada por ahí —dice Mamani y hace un repugnante sonido con la lengua.

A continuación nos indica que levantemos los brazos y nos pongamos con las piernas abiertas contra la pared a la izquierda, el único espacio que no está recubierto de barrotes de hierro. Me palpa y cuando llega a la sobaquera saca el revolver, lo inspecciona de cerca.

—Lindo juguete.

Lo apoya en la mesa y sigue con Lucía. Le pasa las manos por entre las piernas, aprieta sus muslos, le levanta unos centímetros de la remera y le da una lamida obscena en la espalda, sigue subiendo, y le huele el pelo, con la punta de la lengua le toca el lóbulo de la oreja y entonces Lucía le da una patada en las pelotas. El tipo se lleva las manos a las partes y me apresuro a tirarme sobre el revolver, lo apunto:

—Nos calmamos —digo y la apunto a Lucía ahora, doy unos pasos atrás hasta la puerta que comunica con la cocina —vamos a dejar esto acá y vamos hacer lo que tenemos que hacer. Nadie quiere terminar con sus tripas esparcidas en los dos metros cuadrados de esta jaula de mierda.

Milton tiene el odio recién despierto en la cara y Lucía sigue indiferente mirando a la pared.

—Ahora vas a abrir la puerta y nos vas a dejar subir para ver al jefe como tiene que ser. ¿Está claro?

El matón gruñe.

—Pregunté si estaba claro.

—Sí —dice en voz baja.

Apoyo la pistola sobre la mesa, levanto los brazos y me pongo al lado de la puerta de la jaula. Mamani busca las llaves en el bolsillo de su pantalón y la abre. La agarro a Lucía del brazo y la hago pasar.

—Esto no termina acá —le dice cuando pasa al lado suyo.

Sigo a Lucía y la conduzco hasta la escalera. Al final de esos escalones está la oficina de Walter Ayala.

—Siempre se vuelve al hogar —dice la chica.

—¿Qué significa eso?

—Es la triste realidad.

No entiendo a esta pendeja.

—Antes que crucemos esta puerta, ¿puedo preguntarte por qué traicionaste a Wally?

Se alza de hombros:

—¿Jugando al psicólogo? Por la misma razón por la que me metí con él en primera instancia.

—¿Pelotudez o inconsciencia?

—Lo dejo a tu criterio.

Hago girar el picaporte y abro la puerta.

Pasamos a un cuarto grande con un sillón de cuero desvencijado justo frente a la puerta, acostado duerme y ronca la masa corporal obesa de Edgar Flores. Al fondo a la derecha la mesa de *pool* donde juegan William Flores, el otro de los hermanos Flores y Luis "el Boliviano" Choque, un indio feo y malo que habla poco y se emborracha mucho.

—Vengo a verlo al jefe.

—¡Volviste con el pimpollo! —dice William Flores apoyando el taco sobre la mesa.

Lucía baja la cabeza.

—El Wally te extrañaba Lucía —sigue William —tenía miedo de que te hubieras ido con otro.

—Walter y yo terminamos —dice Lucía.

El Boliviano se traga una risotada.

William Flores sacude la cabeza para señalarme la puerta del fondo:

—Lo encuentran en su oficina. Pueden pasar. Los está esperando.

La llevo a Lucía del brazo y abro la puerta. Atrás de su escritorio y metiéndose una línea de coca desde la punta de un cuchillo está sentado Walter "el Inca" Ayala. Se le forma una sonrisa perversa en los labios. No es bueno estar cerca del tipo cuando se ríe.

¿Conocerá Lucía la historia del Tómbola?

05

El lápiz de labio

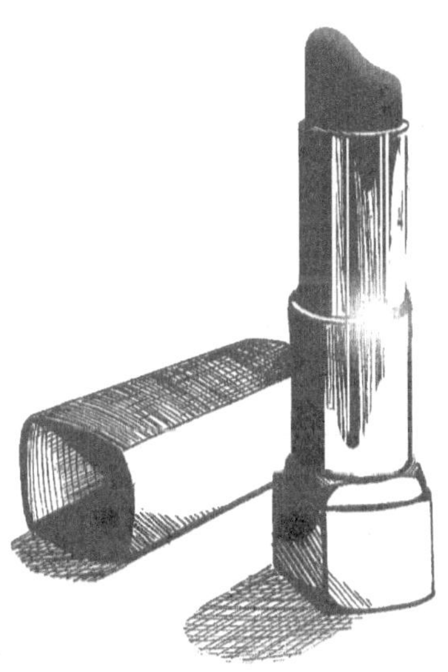

Se dice que Walter Ayala no tiene sentimientos, que mató a su propia madre para demostrarle al capo brasilero Don António que era digno de confianza y que en su camino a la cima del poder en el bajo mundo del narcotráfico dejó un camino de cadáveres que alineados uno atrás de otro podrían hacer un puente entre su Celendín natal y esta ciudad deprimente que eligió como su refugio definitivo.

El mito que construyó Ayala sobrepasa la realidad pero eso no lo hace al Inca menos impiadoso, cruel y desalmado.

Excepto con su perro, Quijada, un *pitbull terrier* marrón grisaceo con un manchón blanco en el pecho, orejas cortas y puntiagudas siempre echadas hacia atrás, colmillos afilados, agresivo y territorial como su amo.

Algunos rumores también señalan que más de un enemigo de Ayala terminó devorado por la pequeña bestia fibrosa del peruano, pero no creo que sea más que otro de sus alardes.

Resulta difícil de creer cuando uno lo ve, como ahora, en un rincón de la oficina de Wally, recostado, con sus pequeños ojos marrones fijos en su amo al lado de un cuenco dorado lleno hasta el tope de comida balanceada.

—¿Quieren un poco? —convida Ayala cocaína —es de primera. La que me meto yo.

Rechazo con un gesto de mano.

—¿Eh? ¿Lucía?

—No.

El narco se para, acaricia a su mascota que le gruñe amistosamente.

—¿Saben por qué amo a mi perro?

Silencio.

—Porque es fiel. En cambio las personas son traicioneras. Y yo odio la traición.

Quiero terminar con esto lo antes posible, bajar las escaleras, atravesar el restaurante deprimente, cruzar la calle y sentarme en la barra del *Rocky* a tomar whisky hasta el amanecer.

—A ver, vamos, Mario, contame lo que tengo que saber.

Trago saliva y recuerdo cómo comenzó la noche. Se suponía que iba a ser una noche tranquila, que a esta hora estaría yo en esa mesa de pool jugando con el Boliviano o los hermanos Flores, quizás estaría sentado donde ahora descansa la masa mórbida de Edgar Flores, leyendo alguna novela de misterio pero no, así no va a terminar esta noche para mí.

—La seguí —digo echándole una mirada de reojo —corroboré que se estaba viendo en secreto con un tal Charly Brun, cantante de una banda de rock que se dedicaba a tocar en bares de mala muerte.

Ayala camina en círculos alrededor nuestro.

—Ya veo, ya veo —dice.

—Salieron juntos del bar y los seguí hasta una casa de las afueras donde tuvieron una pequeña sesión de drogas y sexo.

Siento la respiración del capo narco en la nuca.

—Le tomé unas fotografías hasta que Brun me descubrió en el jardín de su casa.

—¿Es cierto eso Lucía?

La chica no responde, aparta la mirada.

—¿Están esas fotos?

—Sí —digo y saco la cámara. A pesar de los contratiempos está intacta, en una pieza.

El peruano empieza a pasar las fotos. Su respiración se intensifica y la piel morena cobra un repentino color morado durante unos instantes, luego vuelve al ritmo normal y me devuelve el aparato.

—¿Qué pasó con el pelado que aparece en las fotos cogiéndose a mi novia?

—Me tuve que encargar de él.

Ayala nos da la espalda, camina con tranquilidad hasta su escritorio, se deja caer en su sillón ejecutivo y nos contempla en silencio durante unos segundos.

—¡Conchetumadre Mario! —grita y golpea la mesa con el puño cerrado.

Quijada responde con un ladrido seguido de un gruñido.

—¿Y a mí que diversión me queda ahora?

—No tuve opción. La situación se salió de control.

—Ya, ya, no interesa —Ayala se pone de pie nuevamente de un salto, se para frente a Lucía —¿te dio algún problema?

Siento un pinchazo en la herida que me hizo el roce de la bala en la mejilla.

—Nada que no forme parte del trabajo.

—Claro, claro, esta gatita tiene garras afiladas ¿no es cierto?

El perro está sentado sobre sus cuatro patas con la cabeza en alto y el cuerpo tieso, alerta, gruñe en dirección a Lucía.

—Bien puta resultaste ser —le dice a Lucía.

—Puedo explicarte Walter.

—No hay nada que explicar.

—Hay algo más, Walter.

—¿Qué?

—La banda del Loco Bautista nos interceptó cuando entramos a la Capital. Tuve que encargarme de ellos también.

—Detalles —dice con frialdad.

—Una Ranger nos alcanzó en un semáforo. Hubo un tiroteo. Están muertos.

—Mi chiquita se va con otro, el Loco Bautista quiere lo que me pertenece, mi guardaespaldas me quita el dulce placer de entregarle a Quijada la mierda que se cogió a mi novia, ¿qué pasa esta noche?

Lo mismo me pregunto yo. ¿Qué está pasando esta noche?

El perro gruñe y muestra los colmillos.

—Tiene hambre —sonríe Ayala —vamos a ver si le podemos dar algo de comer —acaricia a Lucía por atrás y le da un pellizco —vos, ya podés irte.

Abro la puerta, estoy saliendo y miro a Lucía. Sé que es la última vez que la voy a ver viva y esa certeza, que tantas veces me produjo alivio, esta vez me perturba.

Ella alza la cabeza, me devuelve la mirada con ojos pétreos y expresión suplicante.

Apenas termino de pasar un grito de Ayala atraviesa la puerta y sacude la modorra de los hermanos Flores:

—¡Edgar! ¡William! Vengan que tengo un juego para ustedes.

El gordo Edgar sacude la cabeza, se despabila y comienza a mover su cuerpo de ballena por fuera del sillón. El otro apoya el taco de *pool* y se trona los dedos:

—Hora de trabajar.

La cabeza me da vueltas, cierro los ojos y los vuelvo abrir, me acerco como puedo hasta el sillón que dejó Edgar Flores desocupado y me siento. Cierro los ojos de nuevo, cuento hasta diez. Entonces se empiezan a escuchar gritos, golpes, llanto que proviene de la oficina de Walter Ayala.

—¡Ahora vas a ver ruca reparinputadetumadre! —escucho la voz ronca del Inca Ayala.

Tengo suficiente con esto. Me levanto y bajo las escaleras, Milton me devuelve mi pistola. El tacto con ella me hace sentir centrado de nuevo, como si fuera lo único que me queda, lo único que me pertenece en este mundo. Estoy saliendo cuando me apoya la mano en el hombro.

—Oye, ¿sabés si se puede participar?

—¿De qué mierda hablás?

—Ya sabés, allá arriba —alza las cejas —cachar con la Lucía antes que la dejen tiesa.

Siento un sabor de boca amargo. No respondo atravieso como un muerto en vida el restaurante que a esta hora ya está casi vacío y cruzo la calle directo hasta el bar de *Rocky*. Es un bar bullicioso y lamentable. Las columnas pintadas de negro tienen manchones de yeso al descubierto que dan cuenta de la desidia de *Rocky*. En una mesa del fondo están sentados el "Cebolla" García, Justo Villaroel y Germán Montaño, son tres soldados de Wally Ayala.

Me siento en la barra y pido whisky.

Hago un gesto con la cabeza de saludo a la mesa de la banda y me responden alzando sus copas.

Frente mío el vaso con la bebida ambarina, sin hielo porque esta noche no lo necesito. Me lo llevo a los labios, lo saboreo en la boca. El bar es a esta hora una caja de zapatos oscura y ruidosa.

Al fondo de la barra está Gladys, una de las prostitutas que suelen parar por acá buscando clientes entre los peruanos que salen del restaurante de Ayala, los matones de Ayala o algún desgraciado perdido.

Me está mirando hace un rato. Le hago un gesto para que se acerque y no pierde tiempo.

Se sienta al lado mío.

—Hola oficial, tan guapo como siempre —me saluda y apoya sus labios empastados en ese rouge fucsia vencido que lleva desde que la conozco en mi mejilla lastimada.

—Esta noche no, preciosa.

—¿Nada? Si no tiene para el hotel podemos arreglarnos con algo más rápido en la esquina. A esta hora nadie nos va a ver —dice y me guiña un ojo.

—No.

—Como quiera. Aunque usted ya sabe que mi debilidad son los agentes de la ley.

—Ya te dije que no estoy más en la Fuerza —digo sacando el encendedor para prenderle el cigarro que ya cuelga de su boca.

—Un policía nunca deja de ser policía —le enciendo el pucho. Exhala humo.

Tiene el pelo rubio con las raíces negras visibles en el centro de la cabellera que cae lacio en cascada. La cara grotescamente empolvada, los ojos delineados con trazo grueso y las uñas violeta.

—¿Está triste Comisario?

—Solo una noche de trabajo más, Gladys.

—No es lo que se comenta.

—¿Y qué se comenta?

—Que tenga cuidado.

—Siempre ¿algo más?

—Algo. El tiroteo de esta noche, parece que el Loco no la quiere a la chica solamente para joderlo a Wally, parece que además tiene un tema pendiente con la piba.

—¿Entonces Walter la va a usar para negociar? —por un segundo pienso que quizás Lucía sobreviva a esta noche.

Larga una pequeña carcajada.

—Oficial ¿acaso no conoce la historia del Tómbola?

Gladys exhala el humo del cigarrillo.

—Tendría que haber seguido la carrera médica. Como mi hermano. Podría haberle curado la herida —dice señalándome la mejilla con la rajadura que me hizo el roce de la bala —Además así no tendría que estar acá esta noche.

—No es tan grave.

—¿No?

—Hablaba de la herida. Pero si lo pienso, si no hubieras seguido esta carrera nunca nos hubiéramos conocido. Por lo tanto, no es tan grave.

Larga una carcajada ronca.

—Eso no lo sabe Oficial. Mi hermano no es tampoco un ejemplo de ciudadano.

—¿A qué te referís? —inclino el vaso hasta el fondo y termino el whisky, lo apoyo sobre la mesa y le muestro al barman que me sirva otro.

—A pesar de haberse roto el alma estudiando se cansó de prescribir analgésicos en una guardia y pensó que había una forma más rápida de ganarse la vida —expulsa el humo del cigarrillo sin cuidado sobre mi cara —y se puso a vender tratamientos de dieta. Se le murió una paciente. Una mina de mucha guita. Le sacaron la licencia.

—Una lástima que la honestidad sea un bien tan menospreciado en nuestra sociedad.

—Supongo que es de familia esta idea de ganar plata rápido sin pensar demasiado en las consecuencias.

La contemplo unos instantes; lleva una musculosa muy escotada en animal print naranja y negro que deja al descubierto los tatuajes de dos colibríes enfrentados, uno en el extremo de cada una de sus crestas ilíacas, un short de jean corto y desflecado, unas botas largas que le llegan casi hasta las rodillas. Es una verdadera lástima que haya terminado así. De joven debe haber sido hermosa y pienso en las malas elecciones que la terminaron dejando acá esta noche.

—¿Entonces? ¿no va a invitarme un trago? —se sienta al lado mío.

Le pido al barman que le sirva un whisky con hielo a Gladys.

—¿Y tus amigas?

Refunfuña molesta.

—Vanessa se fue hace un rato con uno de sus clientes habituales. Por lo general le paga toda la noche, le hace regalitos. Todo un caballero. Samira debe estar por llegar. La noche es joven. Pero, ¿no tiene suficiente conmigo?

—¿Y Jenny Joanna?

Hace una mueca de fastidio.

—Jenny hace dos semanas que no viene. Consiguió uno que la lleva de viaje. Las ventajas de ser jovencita. Debí aprovechar cuando todavía me daba el cuerpo, pero no tuve tanta suerte.

Jenny Joanna es una morocha menudita, con buenas tetas y culo firme de veinte años. Toda una vida menos que Gladys. Toda la diferencia entre ellas.

—Contame, ¿qué hace ahora tu hermano?

Gladys toma un trago y me responde:

—¡Ah! Sigue ganando plata. De hecho, está haciendo más que antes. Le vende sus servicios médicos a gente que no puede permitirse aparecer en un hospital o con un médico matriculado. Usted me entiende.

—¿Saca balas de cuerpos heridos?

—Chorros, transas, lo que sea. Otras chicas del oficio a las que la cosa se les puso pesada.

—Pesada.

—Pesada como de cargar el bombo lleno. Ese tipo de peso ¿sabe cuánta plata perdemos si quedamos embarazadas? Sí, hay perversos a los que les gusta y hasta pagan más por un servicio de embarazada, pero no en este barrio, no en esta zona, no en este ambiente.

—¿Te pasó?

—¿Qué? ¿quedar embarazada o que me ofrecieran más plata por hacerlo embarazada? No quiero acordarme. Pero antes que lo piense, mi hermano no se encargó del tema. Me recomendó a alguien. Era muy chica. El hijo de puta me dejó fallada. Quizás era lo que tenía que pasar, no perdí "días de trabajo" —gesticula con los dedos las comillas —de todos modos no quiero hablar de eso.

Es una chica brava. Eso explica cómo es que todavía está en la calle viva.

—Podés hablar con tranquilidad conmigo, ya te dije que no estoy más de servicio.

—¿No quiere hacerse ver eso que se hizo hoy?

Me toco la herida, ahora es sólo un rasguño de sangre seca con bordes de piel apenas levantados, pero sí, va a quedar una cicatriz.

—No, creo que me gusta la idea de que me quede como recuerdo de esta noche y del trabajo que hago.

La pierna me vibra, es el teléfono celular.

—Disculpame —le digo y leo el mensaje.

"Volvé que tengo un paquete" dice.

El Inca tiene un cadáver y quiere que yo me deshaga de él. Hora de volver al trabajo.

06

La maza y el televisor

Tengo un trabajo que hacer: tengo que ir a buscar un cadáver a la oficina del Inca Ayala y sacarlo de ahí, deshacerme de él, pero siento que me abandonan las fuerzas y durante un momento me viene a la mente cómo es que llegué hasta acá. No sólo como llegué acá a esta noche y esto que tengo que hacer sino a cómo llegué a trabajar para el Inca Ayala.

Sé que empezó el día que Mercedes se fue.

Sabía que algo andaba mal ese día. Esa misma tarde, mientras subía en el ascensor hasta el séptimo piso de ese edificio sereno y con clima de modorra de media tarde, sentí el primer indicio de que algo no estaba bien. Hacía ya cinco meses que me estaba dedicando al oficio. No iba mal. Mercedes había comprendido mucho mejor de lo que yo esperaba, eso me dio a entender, que ya no estaba en la fuerza. Quedarme sentado en casa mirando el techo me iba a matar. Los bares de viejos nunca fueron lo mío. Lo intenté. No funcionó. Supe que iba a terminar matando a algún cliente si seguía yendo. Entonces lo asumí. Alquilé una oficina modesta, puse un anuncio en el diario: "Detective Privado" y mi teléfono. Sin datos, sin nombres. Era fácil y me mantenía disperso, ocupado. El trabajo tardó en llegar y pasé un mes mirando el techo de la oficina, leyendo el diario con los pies arriba del escritorio, haciendo pasar las tardes a fuerza de whisky. Eventualmente recibí un llamado. No era una hermosa rubia con una propuesta arriesgada como en las novelas, pero igual sirvió. Rescaté a un perrito, un caniche toy, de las manos de una banda que se dedicaba a secuestrar mascotas de raza en las plazas.

La señora quedó muy contenta con mis servicios y de pronto empecé a recibir más llamados y variedad de trabajos.

Sirvió. Durante unos meses me pude olvidar de todo lo malo que había vivido en los tiempos anteriores a ese trabajo.

Mi último caso en la Fuerza no había sido el paseo del triunfo que había soñado. Me echaron por meterme donde no me querían.

Una cosa muy desagradable, unos crímenes rituales. Resolví el caso. Fue un final digno, aunque sin la gloria que había soñado. Necesitaba un cambio de aire. Ese asunto había sido demasiado turbio y sobretodo necesitaba bajar el perfil, salir de la mirada de los que me habían sacado de la Policía. Entonces no me había parecido una mala idea.

Quizás debería haber seguido ese camino pero entonces pasó eso, el día en el que subí en el ascensor siete pisos en un edificio tranquilo y sin ninguna cualidad en especial. Era un martes. 29 de octubre. No lo voy a olvidar nunca. Hacía un calor insoportable, pegajoso y húmedo y yo estaba subiendo al séptimo piso de ese edificio horrible con una maza entre las manos. Infidelidades, búsqueda de personas perdidas, extorsiones pero lo que más plata me daba eran las cobranzas. Es un trabajo sucio y pesado, pero alguien tiene que hacerlo y entendí que yo era particularmente bueno para llevarlo a cabo. El ascensor llegó al piso siete, la puerta se abrió y salí sintiéndome ligero, pero entonces cuando golpee la puerta del departamento "H" volví a sentir esa sensación de que algo no estaba bien. Quizás fue mi olfato policial o un vicio más de mi paranoia, sólo supe que algo iba a ocurrir y pronto. Algo desagradable. Sentí el estómago revuelto. Se abrió la puerta y asomó la cara descuidada de un tipo gordo, con el pelo húmedo, la barba de varios días, los dientes amarillentos y desparejos.

—¿Quién sos?

—Busco a Martín Gómez.

—No está —dijo y quiso cerrar de un portazo pero llegué a meter la maza en el medio.

—Pero cuanta descortesía —dije y empujé la puerta hasta abrirla del todo. El gordo saltó adentro del departamento. Era una pocilga roñosa con un sillón rojo destartalado en el centro, un televisor viejo, de tubo, encendido en silencio donde pasaba un partido de fútbol y una pila de platos sucios, latas de cerveza vacías, bolsas de *snacks* todas acumuladas alrededor. El tipo dio unos pasos hacia atrás y yo entré siguiéndolo con absoluta comodidad, sin molestarme, pero dejando bien a la vista la maza.

—¿Qué querés?

—Ya sabés a qué vine.

El tipo tenía el cuerpo mojado, la cara, el pelo brillante. Se pasó la palma de la mano por la frente y se secó pero al instante ya era una fuente de transpiración de nuevo.

—¿Te manda el Turco? Ya le dije que me diera una semana más. Por favor…

—El Turco es una persona generosa, ya te dio bastante tiempo.

—No tengo nada acá. Mirá, te doy, te doy lo que quieras —suplicó el gordo mirando a su alrededor. Se detuvo en el televisor. Fue hacia él, lo levantó entre los brazos y se acercó a mí —tomá, llevátelo vos. Esto es para vos. Mañana consigo la plata y te pago sin falta. Tomalo como garantía.

—¿A mí? A mi no me debés nada Gómez. Al tipo que me está pagando es al que le debés.

—Ya sé, ya sé —se desesperó el gordo —pero llevate el televisor vos. Te lo doy para que veas que tengo voluntad de pagar. Mañana está la plata. Ni se va a enterar el Turco.

—¿Y qué hago yo con una tele vieja?

—Quedátela, toda para vos. No me la tenés que devolver. Sólo te pido que lo convenzas al Turco de que la guita va a estar mañana sin falta.

—Sabés que no es así como funciona —dije y bambolee la maza en el aire.

El gordo empezó a llorar.

—Mirá como vivo hermano, no me queda nada. La timba se llevó todo. Mi mujer, mis hijos, vos querés venir ahora y romperme una pierna porque no le puedo pagar al Turco ¿qué clase de justicia es esa?

—Creo que te equivocás de abogado. Eso tenés que reclamárselo a tu ángel de la guarda, yo vengo a cobrar lo que le debés a mi cliente —levanté la maza en el aire una vez más. Se trata de romper una rodilla. El dolor es inconmensurable, inhabilitante pero el tipo podrá volver a caminar y procurarse un modo de conseguir la plata para pagar. Cobrar deudas muchas veces es un trabajo en dos movimientos: primero la ejecución y luego la recaudación que es una consecuencia del miedo y el dolor que se infunde en el deudor. Lo que dije: un trabajo desagradable pero era el que mejor pagaba.

El gordo vio venir el mazazo y me tiró el televisor encima. El aparato chocó contra mis costillas, era una caja negra y pesada, una TV de las de antes, maciza, rígida, caí sentado al piso, la maza me golpeó el hombro. El tipo corrió para afuera del departamento. Me levanté usando la maza como apoyo y corrí tras él. Me llevaba unos metros y a pesar de su cuerpo excedido estaba en mejor estado que yo. Agarró las escaleras de un salto hasta el descanso y siguió bajando a toda velocidad hasta llegar al sexto piso. El edificio parecía deshabitado o a nadie le importaba lo suficiente el vecino del 7° H como para hacer algo por él. Si había alguien estaba metido en lo suyo porque nadie asomó por ninguna puerta o pasillo.

La cacería se prolongó durante tres pisos. El calor era sofocante, comenzó a perder ventaja, su cuerpo le pedía un descanso y entonces lo agarré en el tercer piso.

Lo tomé de la remera, lo empujé hasta el ascensor, subimos de nuevo hasta el séptimo. Suplicaba piedad entre lágrimas. Le apoyé la maza en la cara, justo debajo de la nariz.

—Una palabra más y lo amenacé.

Lloraba. Lo llevé a empujones de vuelta a su departamento.

—Ya sabés qué pasa ahora —le dije con algo de melancolía auténtica.

—No tiene que ser así —me suplicó. Se puso de rodillas, alzó los brazos en súplica —¡Por favor!

Sin decirle nada más le rompí el brazo derecho de un mazazo. El tipo cayó sobre el sillón desgarrado de dolor, en un llanto que me puso incómodo.

—El Turco quiere lo suyo para mañana. Si no lo tenés, me va a mandar a mí de nuevo pero no voy a venir con esto sino con un soplete. Ni tu familia va a poder reconocerte en la morgue de cómo te va a quedar la cara.

El tipo lloraba y suplicaba piedad.

Me fui. Nunca supe si pagó o no. Supongo que lo habrá hecho.

Tiempo después pude entender que era lo que esperaba en casa lo que me había estado molestando como una sombra negra durante todo ese día. Por más que lo intenté mil veces, nunca pude recordar exactamente cómo sucedieron las cosas desde que salí del edificio del pobre tipo al que le partí el brazo. Ese es mi último recuerdo claro de ese día. No sé qué hice con la maza pero cuando entré en mi oficina ya no la tenía conmigo. Eso sí recuerdo, como una foto gastada, medio velada, entrar en la oficina, levantar del piso unos sobres con las cuentas de la luz y el teléfono, apoyarlas en el escritorio, colocar el abrecartas de marfil sobre ellas y decirme que ya era tarde y que había tenido un día completo, que me encargaría de eso al día siguiente. No lo hice. Al día siguiente no fui a la oficina. No volví a ir desde ese día, como si volver a la oficina algún día me hiciera volver a vivir lo que pasó, como si pudiera repetirse. Volví a casa.

—Mecha, ya llegué.

Nadie respondió.

No había nadie. Era raro porque mi esposa nunca salía. Se había acostumbrado a apoltronar su cuerpo en el sillón del living frente a las novelas de la tarde y pasar el día entero allí. Recorrí el resto de la casa y tampoco encontré a nadie.

Arriba de la mesa del living había una carta manuscrita. Distinguí su letra antes de tomarla en mis dedos temblorosos.

Mario:

Antes que nada sabé que lo siento. Me fui para no volver nunca más. No me busques. Estoy en buena compañía. Un hombre que realmente me ama y puede darme lo que necesito en esta etapa de mi vida. Hagas lo que hagas no me busques. Voy a estar bien y vos también. Ambos sabemos que esto es lo mejor para los dos. Si te hubiera dicho no me lo hubieras perdonado, no me hubieras dejado ir, me hubieras matado. En serio te lo digo: no me busques porque sabemos que vamos a terminar los dos muertos.

Con el amor que te tuve en otra época,

Mercedes.

Entonces caí de rodillas al piso y lloré. Exhalé una enorme bocanada de aire y por primera vez no sentí el olor de las azaleas del balcón frente mío. Había perdido el olfato.

Pasé varias semanas sin salir de casa hasta que recibí una llamada. Rechacé la propuesta pero insistieron. Sin nada que perder, al séptimo día de llamados insistentes no descansé sino que acepté la propuesta y empecé a trabajar como el guardaespaldas de Walter Ayala.

07

El cuerpo

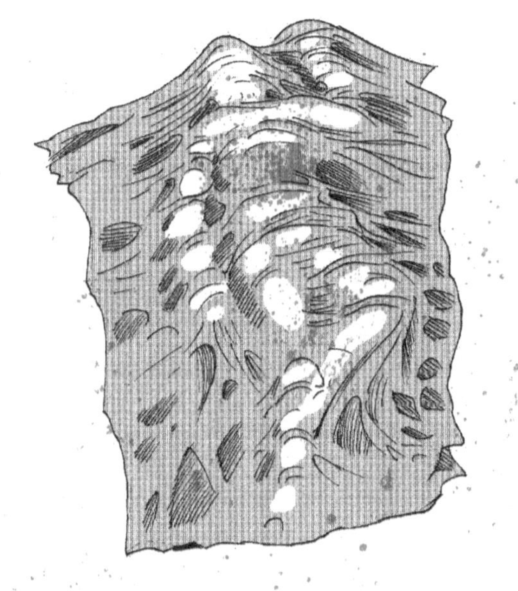

—Me tengo que ir —digo y apoyo un billete sobre la mesa.

—¿Tan pronto?

—Tengo trabajo.

Busco en mi billetera de cuero negro ajado y separo unos pesos más, los deslizo por la barra hasta donde está Gladys

—Esto es por el servicio.

Pasa la mano rápido por la mesa y los hace desaparecer.

—Siempre un placer.

Salgo del bar y cruzo la calle oscura.

Entro al restaurante y no me distraigo en mi camino hasta el fondo.

—El jefe te espera arriba —me recibe Milton. Dejo que me cache de armas una vez más.

Subo las escaleras, el mismo espectáculo deprimente de hace un rato: los hermanos Flores siguen jugando al *pool* como si nada. El Boliviano Choque me mira impávido, con esa cara de indio jetón al que no le interesa lo que pasa.

Me indica la puerta de la oficina del jefe con un gesto de la cabeza.

La atravieso.

En un rincón, en el ángulo, atrás del escritorio hay una sábana blanca envolviendo un bulto.

Quijada se entretiene con un hueso a medio masticar con restos de carne.

Wally Ayala larga una carcajada sonora. Está parado frente a su mascota. Se mira las manos, tiene los nudillos despellejados.

No tengo de qué arrepentirme o por qué sentirme mal. Hice esto miles de veces y es un trabajo como cualquier otro. Pero por algún motivo esto de hoy se siente mucho peor.

Aprieto los dientes, trago saliva y cierro los puños. "Era sólo una pobre piba" pienso y veo pasar por la retina la imagen de Lucía, su cuerpo desnudo sobre Charly Brun, veo a Gladys con su simpatía profesional, me veo entre sus piernas en el recuerdo de noches pasadas, veo a la chica que me salvó la vida hace un año, veo a mi hija Agustina.

Ayala da unas vueltas en círculo alrededor de su escritorio, su perro ladra.

—¡Quieto Quijada! —grita y la cara no vuelve a su posición natural porque directamente sus labios se acomodan junto con la mandíbula en una perversa expresión sádica; está sonriendo. No es bueno estar cerca de Walter Ayala cuando sonríe. Me palmea el hombro.

—Te va a acompañar Milton.

Milton Mamani. Ese pequeño pedazo de mierda. No me gusta tenerlo cerca, no me gusta cómo miró a Lucía y cómo aprovechó para manosearla más temprano.

—Sí —sigue Ayala a quien le gusta escuchar su propia voz.

Ayala vuelve hasta su sillón, se sienta con placidez y estira la espalda sobre el respaldo.

—Aquí Quijada —el perro mueve la cola y trota dos metros hasta su amo, se sube sobre su falda y le da un lengüetazo en la cara.

Toma el control remoto de su escritorio, apunta al monitor que muestra imágenes en blanco y negro de la sala contigua y aparece la imagen de Milton Mamani aburrido en la jaula, sentado en la silla mientras juguetea con su teléfono. Toca el botón del intercomunicador y lo llama.

Sin demorarse el tipo pasa al otro lado de la jaula y empieza a subir las escaleras.

El peruano alcanza el rincón de su escritorio donde descansa una botella de ron selecto.

Con un gesto me señala dos vasos sucios sobre una repisa a mi derecha, entre una figura en yeso de la Virgen del Carmen de Celendín y un pequeño bouquet de flores.

Se los alcanzo, se ensaliva los dedos y los usa para limpiarlos.

—Este, mi querido Mario, es un muy rico ron de mi Perú. La gente acostumbra a tomar Pisco Sour y verás que hay pocos que te aceptan un ron tan rico. Pero en mi opinión hay que dejarle el pisco a los huevones chilenos. El agua que desciende de los Andes alimenta los campos de caña de azúcar en el Valle de Chicama, allá en el noroeste y da la mejor materia prima para hacer este exquisito ron que nada tiene que envidiarle al de los cubanos.

Alza su vaso y yo hago lo mismo, inclina el brazo y hace chocar los cristales.

—Brindemos Mario, esta noche ya se termina. Y brindemos también por esa rica y nutriente agua que desciende de los Andes para alimentar los campos de coca tan rica que nosotros con toda la humildad que nos caracteriza traemos aquí para procesar, distribuir y hacer bien a la gente. Porque, si a la gente le gusta nuestra coca, ¿por qué no podemos vendérsela?

Trago el ron. Tiene sabor intenso en boca y fuerte.

La puerta de la oficina se abre y por ella pasa el cuerpo lánguido y ancho de Milton Mamani.

—Acá estás. Necesito que acompañes a Mario a deshacerse de ese paquete.

Abre un cajón del escritorio, revuelve y saca unas llaves, me las arroja y las tomo en el aire

—Lleven la Grand Cherokee.

—Yo tomo la cabeza —dice Milton y se posiciona al lado del bulto.

Voy por las piernas. Los alzamos. En la pared, en el piso, quedan manchas de sangre fresca. Pasamos por la puerta de la oficina con el paquete. Primero yo, luego Milton y Walter sigue la operación con displicencia mientras toma otro vaso de ron.

Cuando Milton está por terminar de pasar por la puerta Ayala nos pide que nos detengamos, se acerca hasta él y le dice unas palabras al oído.

Milton sonríe. Es una de esas mismas sonrisas perversas y criminales que se dibujan en la cara de Walter Ayala cuando algo horrible está por suceder.

08

La noche

Bajamos el cuerpo de Lucía por la escalera y lo sacamos por la puerta de emergencia.

Meterla en el baúl es la parte más difícil. Milton introduce con delicadeza la cabeza y yo ayudo con las piernas. Así visto el bulto parece no ser otra cosa que la basura que se saca todas las noches del restaurante.

La noche está clara y despejada, siento una brisa suave que me recorre la piel y me quema en la herida de la mejilla. Un escalofrío me recorre las extremidades. Abro la puerta del lado del conductor, y me siento; Milton hace lo mismo del lado del acompañante.

Enciendo el motor, subo las ventanillas.

—¿Podrías dejarlas bajas? Tengo calor —me dice Milton.

—Yo siento frío —respondo sin mirarlo y pongo primera. El portón del garage se abre y salimos a la calle.

Miro el reloj en el tablero, es muy temprano todavía. Siento que la noche se extendió desde el atardecer con la caída del sol en el bar donde encontré a Lucía hasta ahora que llevo su cadáver en el baúl, apenas unas horas de diferencia pero que parecen días, semanas, meses.

—¿A donde?

—Conozco un lugar que va a estar bien.

Manejo en silencio interrumpido sólo por la respiración nasal de Milton.

Hice cosas peores. Muchísimo peores. Pero era joven. Después sólo se trató de sobrevivir. Como ahora.

Milton estira el brazo y toca el botón de encendido de la radio. Había quedado sintonizada en una estación ilegal peruana. Suena estridente la música del altiplano hasta que no soporto más y la apago. Milton me desaprueba pero no dice nada y yo tampoco le digo nada a él.

Me pregunto el por qué de esa sonrisa perversa que se le dibujó en los labios cuando Wally le dijo algo a los oídos.

Pienso en el Tómbola y luego de nuevo en este tipo al lado mío, grandote, feo y perverso. Lo chequeo de reojo, no disimula la pistola que asoma la culata por la cintura del pantalón.

Si me va a matar lo va a hacer cuando lleguemos. Porque de esto se tiene que tratar todo el asunto ¿no? De bajar el cuerpo de Lucía, cavar la tierra unos metros, tirarla a ella y cuando terminemos él sacará esa .38 y me meterá un agujero en la cabeza para que comparta tumba con la chica. Eso es lo que le tiene que haber dicho Wally Ayala; que se deshaga de este viejo de mierda, que termine conmigo, ya no le sirvo. Tiene que haber estado planeado así desde el comienzo.

Pienso en mis posibilidades y sé que no puedo permitirme ninguna distracción.

—Se dice que te encontraste más temprano con los muchachos del Loco Bautista – dice Milton.

—Así fue.

—¿Sabés que Wally y Bautista fueron amigos en otro tiempo? – dice con tono aburrido.

—Algo de eso escuché.

—Wally llegó a este país a los diecisiete años. De niño fue reclutado por Don António y trabajó para él…

—Conozco ese cuento.

—De chico era un demonio, un verdadero demonio. Lo sigue siendo ¿eh? – se apoya contra el respaldo y grita —¡es un demonio! ¿eh, Lucía?

—Basta.

—Vamos Mario, estás muy nervioso. No hace falta tanto dramatismo, ¡pregúntale a Lucía si no!

Freno el auto en medio de la calle. Es un páramo desierto apenas iluminado.

—Dije que basta.

El peruano me mira sorprendido y con desconfianza.

—Estás susceptible Mario.

Tengo una oportunidad de meterle un tiro en la cara ahora mismo y terminar con este asunto pero mis posibilidades de transportar los dos cadáveres hasta el descampado sin que nadie se de cuenta parecen pocas.

Medimos fuerzas y entonces afloja.

—¡Conchetumadre Mario! Me hiciste creer que estabas enojado en serio —dice largando una carcajada nerviosa.

Arranco el coche y sigo el camino sin contestar.

Ya no me quedan dudas de que el plan de Walter es que Milton me mate cuando terminemos con Lucía.

—Cuando Wally llegó a este país tenía diecisiete años y ya había aprendido a cerrar la nariz ante el olor de la sangre y la pólvora —dice el peruano.

—Don Antônio le dio todo.

—Todo lo necesario para convertirlo de un niño en el santo de la coca que es hoy. ¿Querés que te cuente entonces cómo se conocieron Wally y el Loco Bautista?

—¿Tenemos un plan mejor?

Atravesamos el límite de la ciudad, ya estamos en las afueras y a tan solo unos unos veinte kilómetros del destino final de Lucía Zabala cuyo cuerpo se está pudriendo en el baúl de esta 4x4 pero eso no lo puedo comprobar porque hace meses que perdí el olfato. Una bendición.

—Bautista es argentino, eso lo debes saber. Fue el contacto de Wally apenas llegó a la ciudad. Don Antônio lo mandó apenas cumplió los diesciete a expandir el negocio, establecer su red. Esa confianza le tenía. No es para menos, Ayala fue su mejor hombre.

—¿Tan bueno que decidió deshacerse de él mandándolo lejos del centro de sus operaciones?

—Había un tipo, Gervasio Montes. Una de las manos derechas del brasilero. Estaba un poco celoso de los avances del Inca. Un día quiso deshacerse del mocoso que había llegado para mostrar su valor a los tiros. Wally era una verdadera piraña de niño. Bajaba a su pueblo desde el monte y cumplía con lo que fuera que le hubieran encomendado.

Comenzó con pequeños hurtos, transas en las esquinas hasta que Don Antônio lo ascendió a sicario y ahí se convirtió en el mayor experto tirador de la banda. Se subían a una moto que manejaba otro y Wally tiraba desde el vehículo en movimiento. Su marca personal eran las ejecuciones de un solo disparo, siempre directo, en el medio de los ojos.

El tipo tiene su honor y creía que un hombre debe verle la cara a su verdugo.

—Riesgo innecesario —mascullo.

—¡Ya lo creo! Esa es una de las razones de su fama. Un asesino a sangre fría, capaz de matar desde una motocicleta en movimiento de un tiro en la frente dejando que la víctima tenga unos instantes de conciencia de que ha llegado su fin y que la Parca lleva la cara de un mocoso sucio recién bajado de la selva.

Las hagiografías de narcos son para los villeros, los ilusos y los que se impresionan con poco —pienso para mis adentros.

—Cuestión que un día el buen Gervasio envió a Wally a una misión de asesinato como cualquier otra. Tenía que cargarse un tipo de negocios, un ejecutivo, uno de esos que andan con maletín y traje. El hombre había trabajado para Don António pero se creía que estaba por pasarse a una banda rival y el mensaje debía ser claro.

Por eso se arregló que la ejecución sería en la Plaza principal, a las doce del mediodía. La víctima tenía una rutina diaria poco precavida y repetitiva: salía todos los días de su casa, caminaba bien vestidito y perfumado por las calles pobres del pueblo hasta llegar a un banco del centro donde trabajaba. ¿Te imaginás qué ridiculez? Todos los indios harapientos con sus ropas sencillas y este imbécil con traje. Era un tiro al blanco móvil.

Creía tener la impunidad intocable que le daban sus negocios con el brasilero.

Wally bendijo las balas junto a la Virgen del Carmen como es su costumbre al día de hoy, se subió a la moto pero se encontró que esta vez quien iba a manejar no era su compañero de siempre, el Pichón Paredes. Un hombre precavido debió haberse dado cuenta de que algo no andaba bien. Pero Wally era todavía muy joven y nunca hubiera sospechado que alguien en su entorno querría hacerle daño.

El que se subió a la moto del lado del conductor era Augusto Montes, hijo del propio Gervasio.

Todo fue como de rutina hasta que llegaron a la plaza. Esperaron en un lugar apartado bajo la sombra de un árbol hasta que apareció el objetivo y entonces lo de siempre, sólo que apenas a unos metros de alcanzar el punto de contacto con el tipo Augusto hizo un giro muy cerrado con la moto lo que los mandó al piso rodando. La gente alrededor se alarmó, el objetivo se estaba por perder de vista, desde el piso Wally disparó al bulto y alcanzó al blanco, pero el tipo estaba preparado, había llevado chaleco de kevlar. Era una emboscada. Augusto se puso de pie mientras Wally estaba todavía en el piso intentando reponerse. Montes sacó su fierro y estuvo a punto de cargárselo por la espalda.

La virgencita del Carmen finalmente tiene que haber estado del lado de Wally porque éste se dio cuenta de la situación y llegó a meterle dos plomos al sicario. Uno de ellos en el medio de la frente, tal como era su derecho.

—Luego lo mandaron acá para expandir el negocio —digo.

—Don António lo sacó del medio. Se dice que usó sus propias manos para empuñar el machete con el que le cortaron la cabeza a Gervasio Montes. El brasilero lloraba, se despedía de quien había sido casi un hijo para él.

—¿Qué sucedió luego?

—La advertencia había quedado hecha, pero seguía siendo peligroso para Walter quedarse en el Perú. Entonces llegó aquí.

—¿Cómo es la historia con el Loco Bautista?

—¿Te gustan las historias de traición Mario?

Me cosquillean los dedos, es el impulso de cerrarle la boca de una trompada.

—Creo que deberás esperar un rato para eso. Tenemos compañía.

A veinte metros un patrullero estacionado al lado del camino; un agente nos hace gestos de luces para que paremos en la banquina para un control. Casi puedo escuchar la risa irónica llegando del mas allá, de los labios muertos de Lucía Zabala en el baúl del auto.

09

Un hoyo en la tierra

Disminuyo la velocidad y me tiro para la cuneta al lado del camino donde me señala el policía con las luces del patrullero.

Detengo la camioneta y él hace lo mismo atrás nuestro. Se baja del auto. Es un tipo joven y mide casi dos metros. Lleva un uniforme pulcro y bien planchado. Un chico joven, pero no tanto como para dejarse intimidar ni tan viejo como para haber oído hablar de mis hazañas, de la época en la que me decían "El camaleón" y nadie se atrevía a ponerse en mi camino.

El tipo camina con seguridad se agacha frente a mi ventanilla mete la luz de la linterna en la cabina y hace una rápida inspección ocular, se detiene particularmente en Milton, lo mira con desconfianza mientras que el peruano responde con indiferencia. Me pide documentos.

Lo miro a Milton que alza los hombros. Busca en el bolsillo de la camisa y me pasa una cédula que le entrego junto con la mía al policía.

—¿Los del auto?

—Disculpe oficial, es que nuestro jefe nos prestó la camioneta por esta noche. Los papeles deben estar por acá —digo y me estiro hasta la cajuela, la abro y caen papeles, envoltorios de caramelos abollados, tickets viejos y gastados. Meto la mano hasta el fondo y acaricio la culata de una 9 mm en el fondo. Ningún rastro de la tarjeta azul.

—¿Están seguros que su jefe les prestó la camioneta? —pregunta el policía impaciente.

Me doy vuelta, lo miro serio y le digo:

—¿Sabés quién soy yo?

—Según su documento un tal Mario Quiroz.

—Exacto.

El tipo no dice nada, su cara sigue siendo una piedra inexpresiva.

—¿No te dice nada ese nombre? Soy ex comisario inspector de la Policía Federal.

—¿Se supone que tendría que decirme algo? Para mí puede llamarse Mario Quiroz tanto como Lola Lainez que me da igual. Puede ser ex cadete o ex oficial de la federal y sigue dándome igual. Lo que sí voy a necesitar son los papeles de la camioneta y pasa la linterna por el interior de la camioneta. Rodea el bulto con el haz de luz —de paso, ¿qué llevan ahí?

Trago saliva.

—Una alfombra —se apura a responder Milton cabeceando en dirección al cuerpo de Lucía envuelto en las sábanas blancas con lamparones de sangre.

—¿Una alfombra? Yo veo una sábana. Van a tener que abrir el baúl.

Le dedico una mirada fulminante a Milton fuera de la vista del policía y vuelvo hasta él.

—¿Hace falta oficial? Mi compañero se confundió. Esto es un lienzo. Nuestro jefe es pintor y deja sus telas por todas partes. Es algo muy delicado. Si llega a notar que a su pintura le pasó algo nos deja en la calle —digo casi sin aliento.

—¿Ya tiene los papeles del auto?

—Estoy en eso —sigo buscando.

—Le voy a tener que pedir que se baje del vehículo.

—No hace falta, oficial… Silva —digo leyendo su nombre desde la placa en su uniforme —decime, ¿tenés algo que ver con el Subcomisario Raúl Silva?

—Soy el único servidor público en mi familia —me corta en seco —ahora, si me hace el favor de bajarse del vehículo.

Abro la puerta, saco las piernas y piso el barro. Me levanto con dificultad.

—La edad no viene sola. Me decían la Iguana ¿sabés? Mis años guapos están cobrándose sus deudas.

No reacciona, no le interesa, no soy nadie.

Me acerca un alcoholímetro sin decir palabra.

—¿En serio?

Tengo el whisky y el ron que tomé esta noche en la sangre. Tengo el hígado curtido y puedo tomar el doble o hasta el triple de lo de esta noche y recién entonces comenzar a sentirme un poco mareado, pero esta máquina no miente.

—Sople ex oficial.

Cumplo la orden. El aparato toma la marca y el oficial Silva comprueba el resultado.

—De nuevo.

Repito el procedimiento, el tipo contempla el resultado y dice con un dejo de decepción:

—Parece que de esta zafó. Ahora, ¿me muestra lo que lleva ahí atrás?

Asiento con desgano, me doy vuelta y empiezo a caminar con lentitud hasta el baúl, le echo una mirada rápida a Milton y compruebo que ya desenfundó su pistola que ahora está en su mano, escondida en la sombra; acomoda el cuerpo contra el respaldo de su asiento, va a tener al blanco directo frente suyo apenas abra el baúl.

Me llevo las manos a los bolsillos, quiero que me vea como el tipo acabado en el que me convertí, Milton se va a encargar de la parte más pesada. Entonces con los dedos siento un borde puntiagudo y plastificado. Tomo lo que sea que tengo en el bolsillo y lo saco para afuera. Es la tarjeta azul de la camioneta. En algún momento sin que me diera cuenta cuándo ni cómo la debí haber tomado o me la habrá dado Walter y me olvidé que la tenía.

—Mire oficial, encontré la tarjeta azul —le digo y se la extiendo.

La examina con la linterna, chequea que la patente del vehículo coincida y asiente cansado.

—De cualquier forma quiero ver lo que tiene ahí en el baúl.

—Claro.

Lo llevo hasta atrás del coche y abro la compuerta. Silva pasa el haz de luz de la linterna por el bulto desprolijo.

—Entonces una alfombra hay ahí abajo ¿eh?

—No, no, le dije que es un lienzo. Nuestro jefe es pintor.

Milton nos mira arrodillado sobre el asiento del acompañante, esperando que el policía de tan sólo un paso más adelante para meterle plomo.

Por el camino pasan veloces algunos pocos autos, no es una zona muy transitada.

El policía duda un instante, vuelve a pasar la luz de la linterna por el baúl.

Entonces se da vuelta y desiste.

—Está bien. Ya tuve suficiente con ustedes esta noche.

Da un paso en dirección al patrullero y se detiene en medio del camino.

—Aunque pensándolo bien —dice y da media vuelta —me gustaría ver mejor lo que llevan ahí.

Observa desde la distancia el bulto, se le dibuja una mueca de duda.

—¿Esas manchas rojas qué son?

—El lienzo. Es pintura roja.

Me mira desconfiado.

—Quiero verlo mejor —se aproxima de vuelta hasta el baúl, mete medio cuerpo dentro, se estira, Milton sube la pistola, lo tiene en la mira, siento las manos húmedas y la sien también mojada, la transpiración se precipita por mi frente como si se deslizara por un tobogán, está por tocar el bulto y suena el intercomunicador del patrullero. Es un llamado de emergencia a todas las unidades.

Sus dedos apenas rozaron la sábana, el cuerpo de Lucía debajo de su mortaja.

—La puta madre —masculla y corre hasta el patrullero. Responde el pedido de ayuda. Me acerco con tranquilidad y una gran sonrisa en los labios.

—¿Algún inconveniente oficial?

—Tuvieron suerte —me devuelve los papeles. Se mete adentro del coche y sale a toda velocidad.

Se pierde en la oscuridad. Se fue.

—¡Una alfombra! —grito metiéndome en la camioneta —¡¿a qué clase de idiota se le ocurre decirle a un policía que estamos llevando una puta alfombra?!

—La historia de un cuadro es mejor, ¿no? Imaginate al Wally Ayala pintando un cuadro —dice y deja escapar un ronquido de incredulidad.

Sin pensarlo agarro a Milton de la remera y acerco mi cara a la suya.

—Escuchame peruano de mierda la próxima vez que hables antes que yo te diga qué decir, cómo decirlo y cuándo decirlo te meto un tiro en el medio de las bolas.

Lo suelto, me acomodo en el asiento y apoyo las manos en el volante. Respiro hondo.

Lo examino de reojo, este tipo es un imbécil; tengo que darle algo de crédito a Wally Ayala, nunca hubiera mandado a un incompetente como este a matarme. Podré estar viejo y haber perdido reflejos, pero sigo teniendo madera y este es un perejil.

Pongo el motor en marcha y arranco. El camino está despejado y la noche oscura. Quedan unos kilómetros hasta el descampado donde va a tener su descanso final Lucía y siento un gusto amargo en la boca, como si no pudiera despedirme de ella todavía.

—Oíme, Mario —dice ahora Milton como si no hubiera sucedido lo de recién —¿cómo hiciste para engañar al alcoholímetro?

—Trucos de policía viejo —le digo cortante.

Hacemos unos minutos en silencio pero no puedo aguantarme más y le pregunto.

—¿Qué te dijo Wally al oído cuando salimos de su oficina?

—Que me esperaba una sorpresita —responde sin dudarlo ni un segundo.

—¿Sorpresita?

—Eso dijo.

—¿Y que quiere decir?

Alza los hombros.

—Pero te vi sonreír.

—Jefe, ¿a quién no le alegra que le digan que va a recibir una sorpresa?

Al costado del camino empiezan a aparecer algunas construcciones precarias de chapa y ladrillo a la vista, la fachada exterior del barrio pobre que se extiende unos kilómetros cuadrados hacia el interior en tierras ganadas por la fuerza y el desinterés estatal. Se trata ahora de hacer un pequeño trayecto más hasta el final de la edificación donde se alza el esqueleto carcomido de una vieja fábrica de automóviles abandonada.

Los chicos de la villa pasan las horas del día entre sus laberintos de columnas descascaradas y los restos de basura esparcida por todas partes entre el metal oxidado de las salas de máquinas y las oficinas administrativas abandonadas. Ya no queda nada, todo fue siendo saqueado con el paso del tiempo desde que la fábrica bajó sus persianas hace diez años dejando una sombra fantasmal extendida y decadente en la villa que rodea sus restos.

En la villa están asentados los principales transas de Ayala, ellos son los que distribuyen las menudencias de pasta base que se destinan el mercado interno. Esta villa se ganó a los tiros a la banda de un tal Evelio Santos. Le decían el Samurai. Desde entonces es territorio del Inca Ayala.

Pasamos frente a la fábrica abandonada. Como si fueran luciérnagas saliendo de sus entrañas, cientos de lucecitas naranjas en medio de la oscuridad indican la presencia de adictos fumando sus porquerías entre las ruinas del edificio.

Acerco la camioneta al borde del camino y nos adentramos en el campo.

La luna redonda y luminosa está justo arriba nuestro, como marcando que este es el lugar. Apago el motor y bajo del auto. Milton hace lo mismo. No hablamos, no decimos nada, apenas se puede escuchar el sonido de los grillos y nuestros pies pisando la tierra húmeda. Abro el baúl y busco las palas. Tomo una y le paso la otra a Milton. Su fierro sigue ahí, casi descuidado, sobresaliendo del pantalón. No va a intentar matarme todavía pero no tengo que bajar la guardia porque sé que lo va a intentar apenas tenga la oportunidad.

Entonces empezamos a cavar.

10

La pala

Sacamos paladas de barro y pasto.

—No muy profundo —dice Milton.

No lo escucho y sigo cavando y ahora me siento como un maniaco, doy paladas y paladas sobre la tierra humedecida. Ya no sale barro sino una tierra cuajada con raíces débiles. La mano de Milton se apoya sobre mi pecho.

—Ya está amigo. Hasta ahí.

Pero quiero seguir cavando. Por lo menos un metro más. Me paso la manga de la camisa por la frente y queda empapada. Es hora de terminar con esto.

Me siento sobre el montón de tierra excavada y respiro hondo. Milton tapa con la mano en posición cóncava el cigarrillo y lo enciende luego de dos o tres intentos.

—Es hora de bajarla —me dice.

Me pongo de pie, abro el baúl, abro la caja de herramientas, saco un par de guantes para mí y otro para Milton. Se los tiro por el aire y me pongo los míos. Palpo el bulto y lo agarro de los pies. Tiro para afuera y lo bajo hasta que toca el piso; Milton se encarga del tronco y lo apoyamos con suavidad en la tierra, al lado del pozo.

La sábana está anudada en los extremos. El peruano saca una navaja del bolsillo y empieza a cortar las sogas, poco a poco el cuerpo de Lucía va asomando. Le descubro la cabeza, la destapo y allí está, con los ojos cerrados y expresión tranquila, parece dormida. La luz azulada sobre su rostro delicado que ni la muerte pudo arruinar destaca su gélida belleza. Parece una muñeca de cera.

Me apoyo contra la puerta del baúl abierta. Quiero decir algo pero apenas me sale un murmullo sin sentido. Atrás mío Milton empieza a correr el cuerpo para meterlo en el pozo. Silba una melodía que no conozco y escucho como empuja la tierra floja con el cuerpo de Lucía como si fuera una escoba barriendo el piso.

Entonces se escucha una queja, un sonido gutural, atragantado.

—Callate negro de mierda.

—Pero es que no fui yo jefe.

Doy media vuelta para mirarlo. El tipo no dice nada.

—No me jodas.

De vuelta el sonido, la queja, de ultratumba, sale de los labios de Lucía.

—Nada para alarmarse —me dice Milton —en el velorio de mi tía Lita, allá en Perú, el fiambre no dejaba de hacer ruidos. Casi pensamos que estaba vivo, pero uno de ahí dijo que eran gases trabados que estaban saliendo.

—Dejá de decir estupideces negro ignorante —doy unos pasos cuidadosos hasta quedar al lado del cuerpo de Lucía, me agacho y apoyo la oreja sobre su pecho. Entonces lo siento, es un pequeño, débil, latido.

—Está viva. —digo. Me levanto cansado.

—¿En serio? —Milton se arroja encima del cuerpo de Lucía, le sujeta los dedos índice y anular en la tráquea hasta que siente su pulso.

La chica tose.

Me apoyo contra la camioneta.

—¿Me pasás uno de esos cigarrillos?

Milton me tira por el aire el atado. Enciendo uno y fumo en silencio.

El peruano se pone de pie, los ojos le brillan.

—¡Esta era la sorpresa que nos prometió el Inca! —exclama repentinamente iluminado —ya sabía yo que no me iba a dejar con las manos vacías.

Se tira encima del cuerpo de Lucía y le desabrocha los pantalones, se los baja y luego la bombacha.

—¿Qué hacés?

—¿Qué te parece que hago?

Se baja los pantalones, los calzoncillos, deja al descubierto un pequeño pene negro y peludo que en un instante está erecto. Los ojos se le vuelven dos pequeñas bolas de fuego y tiene la mandíbula caída, llena de saliva que se escurre por la comisura de sus labios.

—Un sólo chancay —dice mientras se arrodilla frente a ella y sube sus piernas a sus hombros. Se escupe la mano y se la frota ensalivada en la vagina a Lucía —ya vas a ver como te voy a cachar.

No pienso y actúo. Agarro la pala con la que acabo de hacer el hoyo para enterrarla. Negro de mierda, y yo que pensaba que lo habían mandado para matarme. Walter Ayala lo eligió porque sabía que es una bestia, sabía que la iba a violar y que después de eso la iba a enterrar viva.

La penetra, Lucía emite un gemido, abre los ojos, nos ve y quiere gritar pero está atragantada.

—Vamos, vamos mi amor, así.

Descargo la pala contra la espalda de Milton con toda la fuerza que me queda en los brazos, el negro grita y se sale de adentro de Lucía. Cae de rodillas en el hoyo.

—¿Qué mierda hacés Mario conchetumadre?

Alzo la pala de nuevo, el peruano levanta el brazo para protegerse la cara. Le golpeo la mano y pega un grito.

—¡Pará! —suplica.

Le doy otro palazo, esta vez siento como el impacto rompe el hueso. Se agarra la mano rota y gime. Tengo su sangre en mi camisa. Sigo. Le doy con más furia, le pego en la cabeza, dos veces más, tres veces más, hasta que se le abre la cabeza como si fuese una sandía. Su cuerpo cae de espaldas en la tumba de Lucía que ahora pasará a ser la suya.

Apunto a la cabeza con el filo de la pala y le abro la frente, sigo golpeando, saltan pedazos de cráneo astillado para todas partes, aplasto la pala contra la nariz, los ojos, lo golpeo con el filo en el cuero cabelludo hasta ir despellejándolo. No puedo parar. Siento el pecho hinchado. No puedo parar. No puedo dejar de golpearle cabeza con la pala. Pequeñas gotas de su sangre aterrizan en mi cara y se mezclan con la transpiración y no me importa porque sigo y sigo hasta que empiezo a sentir que los brazos se me acalambran. Cuando ya no queda más que una masa sanguinolienta y deforme bajo la pala, la dejo caer en la tierra y luego me dejo caer yo mismo. Vomito al costado. Se terminó.

La respiración agitada de Lucía me hace levantar la cabeza. Allá está ella. Viva pero ¿por cuánto tiempo? Su cara es apenas una mueca grotesca de pánico. Está sentada frente a mí y sin decir ni una palabra empieza a arrastrarse para atrás, entre gemidos roncos, ayudándose con las manos, intentando mover las piernas agarrotadas, gira el cuerpo en un movimiento doloroso, exhala un grito y logra ponerse de pie pero enseguida trastabilla y cae de rodillas. Se sostiene en cuatro patas y gatea unos metros.

Me ve levantarme del piso y caminar hacia ella, se desespera, quiere correr pero vuelve a caer. La tomo del brazo y la ayudo a pararse.

—Tranquila —digo.

Intenta zafarse, se mueve como un gato adentro de una bolsa, me rasguña con las uñas llenas de tierra la herida que me hizo más temprano, la suelto instintivamente y me tapo el ardor, Lucía corre.

—Quieta —grito pero no me hace caso y me saca rápido unos diez metros de ventaja con un pique. Desenfundo la pistola y disparo al cielo, el eco lo convierte en un trueno —¡dije quieta!

Como si le hubiera dado un electrochoque, el sonido la deja inmóvil como una estatua. Miro para todos lados y compruebo que estamos solos ella y yo.

La agarro del brazo y la empujo en dirección al auto.

—Vas a hacer lo que yo te diga ¿entendido?

—Chupame la concha —articula desafiante.

—Tranquilizate.

Intenta volver a rasguñarme, soltarse. La tomo de las muñecas con firmeza y la obligo a bajar los brazos.

—Pude haberte dejado con Milton y no lo hice.

—Sos un hijo de puta igual que él.

—Callate te dije. Escuchame. Vamos a salir de acá.

—¿Me vas a llevar a otro lado para violarme? Hijo de puta.

La empujo hasta el pozo.

—No, por favor —suplica.

La suelto y la rodeo por atrás, cae de rodillas y llora, suplica para que no la mate.

Levanto la pala con la que hasta hace unos instantes estuvo cavando su propia tumba el peruano y con la otra mano le toco el omóplato a Lucía. Da vuelta la cabeza, y veo lágrimas y baba y sangre, raspones por todas partes.

—No me mates te lo suplico.

Choco la pala contra su pecho:

—Ayudame a enterrar a ese hijo de puta —le digo.

Recojo mi pala, la hundo en el montículo de tierra recién removida, la alzo llena y la tiro de nuevo al pozo.

—¿Qué? ¿te vas a quedar ahí sentada sin hacer nada? Te dije que me ayudaras a enterrarlo.

Lucía contempla la escena de rodillas en estado catatónico.

Sigo paleando tierra y poco a poco el cuerpo deformado de Milton empieza a quedar enterrado; chequeo de reojo a Lucía que sigue inmóvil. Clavo la pala en el piso.

—Lucía —digo con tono firme pero tranquilo —lo mejor va a ser que nos apuremos si tenemos la intención de seguir vivos un tiempo más. Ayudame a enterrarlo así podemos salir de acá.

Pestañea y se ayuda del mango de la pala como de una muleta para ponerse de pie. Durante un momento contempla el interior de la tumba, la cara deformada de su violador y lo escupe.

—Dame un cigarrillo —dice con la voz seca.

—¿Te parece que es el momento?

Carraspea.

—Estuve prácticamente muerta durante dos horas ¿puede pasarme algo peor?

Busco el paquete, es el que me dio Milton. Se lo paso. Lucía saca un cigarrillo, lo enciende, fuma en silencio.

—Ahora estoy lista —dice y clava la pala en el montículo de tierra movida, da una primera palada y después otra y otra y cada palada de tierra que tira encima del cuerpo de Milton endurece sus músculos, la despierta de su dulce muerte y le reafirma que está viva.

—¿Entonces? —pregunta con el cigarrillo colgando de la boca.

—Entonces de momento terminamos con esto.

A lo lejos se oye el ruido de un motor que se acerca, giro la cabeza encima del hombro y lo veo; imposible confundirse aún bajo el manto oscuro de la noche, se acerca una Range Rover verde. Como la que tienen los hermanos Edgar y William Flores. No se mueven ni siquiera una cuadra sin subirse a su camioneta.

—Lucía, adentro de la camioneta. Ahora.

Clava la pala en el pasto, arroja el cigarrillo a la tumba, se cruza de brazos, y me pregunta:

—¿Malas noticias?

—Muy malas noticias, muy malas.

11

La noche roja

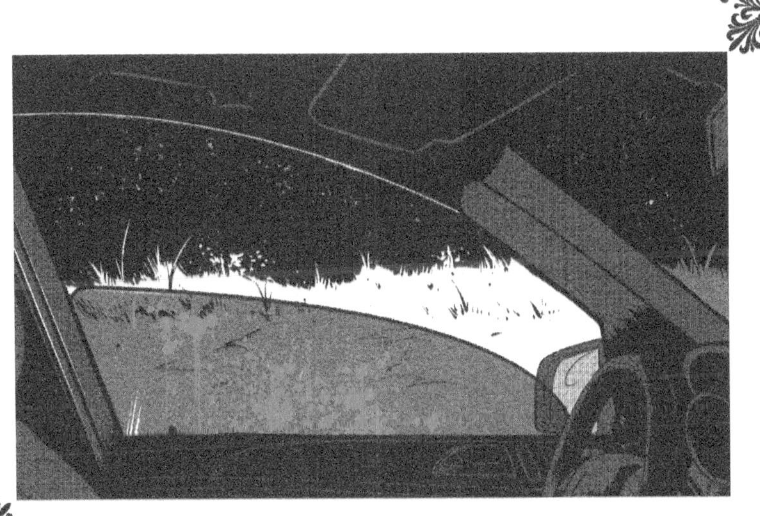

Sólo hay dos escenarios posibles para lo que va a suceder dentro de minutos: o bien los hermanos Flores se dan cuenta de que el cadáver en la tumba no es el de Lucía sino el de Milton o no se dan cuenta.

Lucía me hace caso y se escabulle en la cabina de la camioneta en el asiento del acompañante.

La Range Rover de los Flores atraviesa el campo y se detiene a unos veinte metros de la tumba de Milton. Tomo la pala y me dirijo al baúl de la camioneta intentando aparentar tranquilidad pese a que me tiembla la mano. Guardo la herramienta y le digo rápidamente a Lucía que no se exponga y siga mis órdenes.

Asiente en silencio, cierro el baúl y me doy vuelta. La puerta de la *pickup* verde se abre y una bota tejana se clava en el piso. Inconfundible sello de estilo de Edgar Flores. Del lado del conductor baja su hermano William.

Me llevo las manos a la cintura y me cercioro en el movimiento de tener mi Browning en la sobaquera por si la cosa se pone interesante.

William Flores viene a mi encuentro con andar tranquilo como si intentara disfrutar de una noche clara al aire libre.

—Mario, ¿qué tal?

—Eso pregunto yo William, ¿qué hacen acá?

—El jefe se quedó un poco intranquilo con tu encuentro con los muchachos del Loco Bautista más temprano, mandó a que los escoltáramos a vos y a Milton. Ya sabés cómo le gusta tener todo bajo control.

Edgar da un pequeño paseo alrededor del campo, respira profundo y rodea la tumba mientras yo lo sigo con la mirada.

—Entonces escuchamos un disparo y con Edgar dijimos: "Caramba, parece que a fin de cuentas sí hay problemas" ¿no hermanito?

El gordo responde con un gruñido incomprensible.

—No tuvimos compañía. Menuda ayuda nos hubieran dado ustedes llegando media hora más tarde.

William Flores imprime una horrible sonrisa a su rostro acaobado:

—Supongo que habríamos llegado para levantar la escena Mario.

—Sí —enciendo un cigarrillo, exhalo el humo y lo libero con un suspiro mirando hacia las estrellas —bien, no pasó nada de todo eso.

—¿Entonces? —dice Edgar Flores al pie de la tumba y por un momento siento que su cuerpo excesivo podría empujar la tierra húmeda que rodea el pozo y hacerlo caer adentro.

—¿Entonces qué?

—El disparo Mario, ¿qué fue?

—La chica.

—¿Qué pasa con ella?

—Estábamos por enterrarla cuando nos dimos cuenta de que todavía estaba viva.

William Flores larga una carcajada.

—Típico de Walter —murmura Edgar completando a su hermano.

—Sí —digo y exhalo con melancolía una voluta de humo.

—¿Qué le pasa a Milton? —pregunta William.

—¿Le tiene que pasar algo?

—Parece muy callado, ni siquiera vino a saludarnos.

—Quedó un poco impresionado. Se asustó cuando la pendeja abrió los ojos y empezó a escupir sangre. Primero pensó que era un muerto vivo o algo así. Le tuve que volar los sesos para que se tranquilizara, pero igual quedó un poco afectado por la situación.

Edgar me clava unos ojos curiosos y desconfiados y el silencio se torna espeso, solo interrumpido por los grillos.

—Vamos Edgar —dice William tocando el hombro de su hermano —dejemos a los muchachos terminar con este engorro que estoy seguro que Mario ya tuvo una noche bastante larga.

El matón obeso chasquea la lengua y está a punto de decir algo pero lo dejo con las palabras en la punta de la lengua; me doy media vuelta y encaro para la camioneta sin decir nada más. Entro en la cabina, le hago un gesto de silencio a Lucía y chequeo en el espejo retrovisor. Los hermanos Flores vuelven a su Range Rover y me hacen un guiño con los faros delanteros, arranca el motor y dan un giro en U para salir por donde vinieron.

—Increíble pero funcionó —suspiro.

—No parece —dice Lucía con voz apenas audible.

Vuelvo a ver el espejo retrovisor. Tiene razón. La camioneta de los Flores vuelve a dar un giro y se estaciona a escasos metros de donde estaba hasta hace unos instantes.

Se abren las puertas y veo de nuevo la bota tejana de Edgar Flores pisando el pasto mojado, del lado del conductor lo distingo pronto a William, los hermanos haciendo su show del Gordo y el Flaco en plena noche.

Edgar se acerca hasta la tumba y William en cambio viene dando pasos relajados hasta nosotros.

—Mario —dice en voz alta a medio camino entre su vehículo y el mío —disculpá, una cosita más —sigue y se acerca. Acaricio la empuñadura de mi Browning, calculo las balas que le quedan en el cargador. Desde esta distancia necesitaría por lo menos tres o cuatro para hacer un fuego de cubierta y salir picando si las cosas se complican. Con un movimiento invisible para William saco la pistola de la cartuchera y ya la tengo entre mis dedos pegajosos de transpiración. El menor de los hermanos Flores está a ahora llegando hasta la ventanilla de la camioneta y me hace un gesto para que la baje.

Refunfuño pero le hago caso y bajo la ventanilla hasta la mitad, la carrocería alta de la camioneta hace el resto y Lucía, si se queda quieta, no es reconocible desde afuera.

—Es mi hermano. Creyó haber visto un objeto brillante en la tumba de Lucía y dejárselo a los villeros sería una lástima.

—Está bien —digo y me pongo a tamborilear los dedos contra el volante.

—Hola Milton, ¿qué pasa que no hablás esta noche?

—Te lo dije, es un negro cagón que quedó mal después del susto que le dio ver que la piba estaba viva cuando llegamos. Creo que le tenía algo de cariño.

William ríe.

—Claro, cariñito para cogérsela tenía. Siempre quiso mojar entre esos pancitos. Lástima que haya sido tan conchesumadre la Lucía porque estaba para sorbarla toda. Siempre nos quedará su hermanita. Dicen que es preciosa la chiquita, ya la vamos a agarrar y la vamos a dejar renga de tanto…—hace movimientos con su cuerpo como si estuviera agarrando entre los dedos grasosos que tiene, llenos de restos de pollo a las brasas y pescado, a una mujer invisible y balancea para adelante y para atrás el resto de su cuerpo, corona la mímica sexual con un desagradable sonido de deglución y entonces Lucía se zafa de su asiento, se echa encima mío que la recibo sin entender lo que está pasando. Es un instante. Ella grita "Peruano de mierda, con Gabriela no se atrevan" y lo escupe.

William Flores tiene un segundo de parálisis, deja la mímica con los brazos agarrando el aire extendidos, la cara se le contrae endurecida por el miedo y la sorpresa, los músculos se le tensan y lleva sus manos a buscar instintivamente su pistola pero reacciona demasiado tarde porque sin dudarlo le atravieso la garganta de un tiro. El chorro de sangre empapa la ventanilla y unas gotas también aterrizan en el interior de la camioneta. El peruano se lleva la mano a la yugular como si pudiera frenar el chorro pero tiene una lúcida conciencia de que es demasiado tarde.

Todo transcurre muy rápido, Lucía encima mío insultando a William, el disparo que le metí en el cuello, la sangre golpeando el vidrio. Aparto a Lucía de encima con un empujón. El tronido con el que le rajé la garganta sobresalta a su hermano que ve en un *flash* como William se desploma.

Reacciona sin pensar, busca su Bersa Thunder 9 mm y dispara pero ya estamos en marcha, acelero, el barro amenaza con dejarnos empantanados pero piso el acelerador hasta el fondo y salimos.

—¿Qué mierda hiciste? —le grito a Lucía.

—De todos modos ibas a tener que matarlo. El gordo estaba por descubrir que no soy yo la que ocupa esa tumba —responde con tranquilidad como si no estuviéramos siendo blanco de la lluvia de balas de Edgar Flores. El gordo nos corre unos metros disparando pero es inútil, contamos con la ventaja de la sorpresa y le llevamos una distancia que ya no puede salvar.

Mientras nos alejamos en la camioneta lo veo una vez más por el espejo retrovisor; baja los brazos, deja caer la pistola al pasto y corre hasta donde yace el cuerpo de su hermano. Lo abraza, lo acaricia hasta que se convierte en un pequeño punto indistinguible en la negrura de la noche.

12

Torniquete

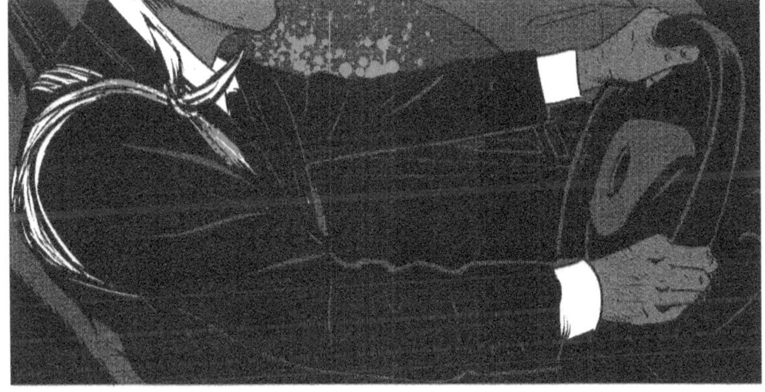

De nuevo en el camino en una noche que pareciera nunca terminar. Pero ahora ¿a dónde ir? Apoyo las dos manos en el volante concentrado como si eso me fuera a dar una respuesta.

—Fijate en el bolsillo de mi saco y buscá mi teléfono —le digo a Lucía.

Mete su mano y empieza a revisar hasta que lo encuentra.

—Ahora vas a abrirlo y buscar en la libreta de contactos el nombre Gladys.

—¿Gladys Rocky?

—Esa. Llamala y pasame. Conectá el aparato al manos libres.

Se escucha el tono de marcado en toda la camioneta, suena un par de veces hasta que me atiende.

—Oficial, ¿se quedó con ganas de matar las penas mi papito?

—Gladys, escuchame, esto es importante.

—Me imagino que sí dado que son las cuatro de la mañana.

—Necesito verlo a tu hermano, del que me hablaste más temprano.

Del otro lado de la línea se hace un silencio.

—Gladys, ¿estás ahí? Me metieron un tiro en el hombro. Necesito verlo ahora.

—¿Un balazo? —dice Lucía —¿estás bien?

Asiento con la cabeza. Fue una de las balas de William Flores y me di cuenta del dolor apenas me bajó la adrenalina, cuando retomamos la autopista.

—¡Ay, Comisario! Le dije que tuviera cuidado, que no se metiera en problemas.

—Además, tengo una nueva amiga que también necesita verlo a tu hermano.

—Supongo que podré hacer los arreglos necesarios. Pero quiero que sepa que va a salirle bien caro.

—Ese no va a ser un problema. Hacé los arreglos por favor.

—Lo llamo apenas tenga novedades —dice y corta.

Trato de pensar en dónde ir, no tenemos mucho tiempo hasta que Wally Ayala ponga en movimiento a sus sicarios tras nuestro rastro.

—¿Qué está pasando? —pregunta Lucía y no sé si me lo dice a mí o se lo pregunta a ella misma.

—¿Lo decís por mi hombro? No es nada.

Contempla el camino sin decir palabra, una tras otra las rayas blancas entrecortadas sobre el asfalto se suceden con monotonía.

—¿Por qué? —dice por fin.

—¿Por qué qué?

—¿Por qué mataste a Milton? ¿por qué me sacaste de ahí?

No tengo respuesta para esas preguntas. Sólo hice lo que sentí en ese momento. Sin pensarlo. Y ahora soy un hombre muerto que camina.

—Supongo que una vez en la vida sentí que tenía que hacer lo correcto.

—El Inca Ayala no te va a perdonar.

—Lo sé.

—¿Qué vamos a hacer?

—Por empezar vamos a ir al médico. ¿No escuchaste la conversación de recién? Después vamos a encontrar el modo de esconderte hasta que todo esto pase.

—No quiero vivir escapándome, teniendo que esconderme y con la amenaza siempre presente de que un día llegue algún tipo a terminar lo que vos no pudiste.

—Te equivocás. No es que no pude sino que no quise.

—Es igual.

—Está bien ¿se te ocurre otra opción? Te voy a sacar del medio y voy a desaparecer yo también, nunca nos va a encontrar.

—Eso no va a funcionar.

Suena el teléfono y le hago un gesto para que atienda.

La voz de Gladys suena más endurecida y seca que hace un rato.

—Mi hermano los va a ver en media hora. Vayan solos, asegúrense de que no los sigan. *Cash only.*

—Entendido.

Nos pasa una dirección, no es lejos de donde estamos. Le agradezco y le pido que ella también se cuide.

Corta la comunicación. Agarro el primer desvío que nos cruzamos y empiezo a andar en dirección al lugar que me pasó.

Tengo dos problemas grandes en mis manos. Qué hacer con Lucía y qué hacer conmigo.

—No puedo irme así como así. Tengo asuntos pendientes, una vida.

—Sí, porque tenés vida es que vas a tener que dejar todo. Tu vida como la conocías se terminó en ese descampado.

—Hijo de puta.

—Aceptalo, las cosas van a ser diferentes ahora.

Suena el teléfono. El identificador de llamadas dice claramente: W.

—¿Es…?

—Atendé y callate la boca.

Aprieta un botón y escucho la voz de Walter Ayala. Tenebrosa. Inconfundible.

—Mario, Mario, Mario querido… ¿cómo estás?

—Walter.

—Mario, ¿estás acaso con Lucía? Claro que sí, puedo sentir esa respiración de pulmones apretados que le quedó luego de que le pagué las tetas.

Los ojos de Lucía están encendidos de odio, le hago un gesto con la mano para que esta vez no diga nada.

—¿Qué querés Walter?

—¿Qué quiero? Ya sabés que quiero Mario. Quiero el cadáver de la puta que llevás en el auto.

—No está conmigo. La bajé del coche y la ejecuté a un lado del camino.

—Vamos Mario, no me vengas con esas pelotudeces. Tenés una hora para entregarla y de mi parte no se hable más del asunto. Lo que pasó con William Flores, eso ya lo vas a tener que arreglar con su hermano.

Me paso el dedo índice por la nuca en sentido horizontal, Lucía corta la comunicación. Me alcanza el aparato y lo tiro por la ventana.

—Vos no tenés uno ¿no?

—No tengo nada más que lo que llevo puesto.

—Perfecto.

Hacemos unos kilómetros en silencio.

—No te voy a entregar a Walter. Todo sigue como lo hablamos hasta ahora.

—Es decir, como la misma mierda.

—Yo no fui el que se acostó con otro tipo.

—Pero fuiste el que me delató, el que me entregó y el que me iba a enterrar.

Lo medito un instante.

—Podemos decir que estamos juntos en esto.

—Creo que si nos separamos tenemos más posibilidades de salir vivos.

—De eso ni hablar. No te voy a dejar sola hasta que me asegure que estés a salvo.

—Eso quizás nunca suceda.

—Tengo mis medios para hacer que Walter Ayala no te vuelva a encontrar nunca más.

Lucía se sacude sobresaltada por un escalofrío.

—Todavía me tenés miedo.

—No es eso.

Marchamos en un silencio apesumbrado como si se tratara de una procesión fúnebre pero a toda velocidad.

—¿Podés manejar?

—¿Lo decís por el disparo? No es nada.

Pero lo cierto es que me está molestando.

—Tenés razón, la bala me está jodiendo.

—Si vamos a ir juntos sería bueno que dejes de hacerte el hombre de acero.

—Arrancá un trozo de tela de mi saco y apretalo bien fuerte en el agujero de entrada de la bala.

Asiente y en seguida está cortando la tela. Sus delicadas manos blancas están sucias, llenas de tierra y sangre seca.

Me aprieta el trozo de tela formando un tapón en la herida. Ella se muerde la lengua y pone su mejor empeño.

—Ya hiciste esto antes.

—Una vez, pero fue distinto.

Quiere contármelo pero no lo hace.

—Podés confiar en mí —le digo.

Se detiene un instante.

—¿Me estás jodiendo? No, claro que no puedo confiar en vos Mario —dice sin levantar la cabeza y me ajusta la tela como un torniquete en el hombro.

Doy un pequeño alarido y ella sonríe.

—¿Va a llorar ahora, oficial?

Me ajusta una vez más el torniquete, después vuelve a sentarse. Baja la ventanilla y deja que el viento le pegue en la cara, revolviéndole el pelo.

Así se siente estar vivo y ella lo está por poco. Piensa en silencio y ese silencio me produce una pequeña incomodidad. Gira el cuerpo y me encara:

—Quizás hubiera preferido que me dejaras morir —dice con tranquilidad —o tal vez que, cuando te diste cuenta de lo que estaba pasando me pegaras un tiro o que me mataras a palazos como hiciste con ese hijo de puta.

—¿Por qué decís eso?

—Porque ahora no sé qué pensar acerca de vos. Antes, esta noche, estaba segura: eras el hijo de puta que me había llevado para que me maten. Ahora sos ese hijo de puta y además sos mi salvador. ¿Qué puedo esperar de Mario Quiroz?

Esa pregunta me la hago yo también y no tengo nada que responderle. Nada auténtico, nada que pueda razonar porque sé que tiene razón, tendría que haberle pegado un palazo en la cabeza y dejarla muerta ahí. Milton se hubiera enojado, hubiéramos discutido pero no lo habría tenido que matar y ahora mi vida seguiría como siempre.

—Vos me salvaste a mí, más temprano. Supongo que te lo debía.

—Si me lo debías me pagaste de casualidad. No Mario, no fue tu sentimiento de deuda lo que te llevó a hacer lo que hiciste hace un rato.

Después de esta noche ¿qué?

—Creo que no tenés otra opción más que confiar en mí si querés salir viva.

—Eso es lo que más miedo me da.

—No soy un monstruo.

—Claro que sí.

Carraspeo.

—Ya no —digo con resignación.

—Ya no sos un monstruo —repite en voz baja para sí misma.

13

La silla

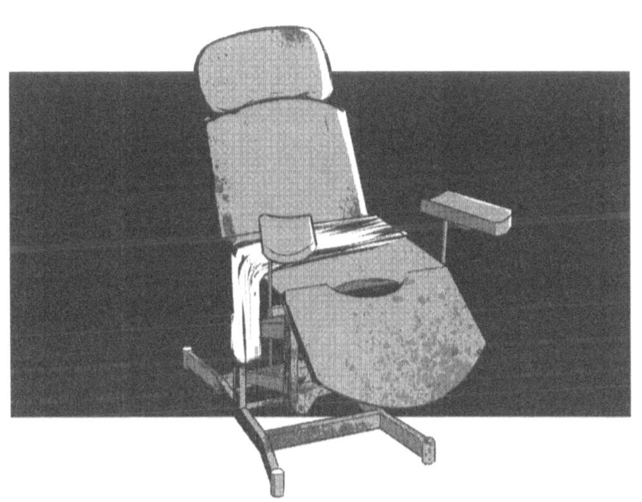

El lugar acordado para el encuentro con Pablo, el hermano de Gladys, mi puta del *Rocky Bar*, es un edificio viejo en el límite de la ciudad. No me gusta el aspecto, no me gusta la suciedad de su exterior y no me gustan los indigentes que duermen tapados por cartones en la vereda.

Paso con la camioneta por la puerta del edificio y sigo hasta la esquina, doblo y a media cuadra estaciono. La manzana está vacía y calma, demasiado tranquila, parece el espacio ideal para una emboscada. Nadie se daría cuenta. Antes de bajarnos doy un vistazo general a la zona, esperando encontrar una sombra escondida en algún rincón pero por ahora sólo son mis propios fantasmas los que nos persiguen.

—Hagamos esto lo más rápido posible —le digo a Lucía.

Busco en la sobaquera mi vieja y fiel Browning, le extraigo el cargador y cuento las balas que le quedan.

—Mierda.

—¿Qué pasa?

Vuelvo a poner el cargador y abro la puerta de la camioneta, salgo a la calle, doy la vuelta hasta el baúl y lo abro. Allí está la pala con la que iba a enterrar a Lucía y con la que maté a Milton, empastada con restos de pelo y sangre. Examino el interior hasta que encuentro lo que busco una caja de herramientas que abro. Hay un par de guantes de cuero, una linterna, un pedazo de soga, una botella con kerosene y al fondo, un cargador doble hilera de trece proyectiles 9 x 19 mm Parabellum. "Si buscas la paz, preparate para la guerra".

Vuelvo hasta adelante y le ordeno a Lucía que baje. Caminamos pegados a la pared la cuadra y media que nos queda. Tengo la pistola en la mano preparada para disparar a lo primero que se nos cruce. Llegamos hasta la puerta del edificio sin sobresaltos. Toco el timbre y tardan en atender hasta que una voz pastosa pregunta quién es.

Respondo y luego de unos segundos de duda se oye un *click* de la puerta abriéndose.

El interior es oscuro. Al fondo hay un ascensor fuera de servicio por lo que subimos los dos pisos por las escaleras enroscadas y angostas hasta que llegamos a una puerta de metal verde con salpicaduras de metal oxidado apenas abierta unos centímetros.

—¿Mario y acompañante supongo?

—Afirmativo.

La puerta se cierra de nuevo, se descorre la cadena que la aseguraba y se abre del todo. El tipo que está del otro lado nos invita a pasar, nos indica un sillón en el medio del living que sirve como recepción y se excusa para cambiarse. Desaparece por el fondo de un pasillo.

—Me trajiste a un lindo lugar, ¿eh?

—Si querés podemos volver al lugar donde te iba a dejar hace un rato.

Lucía hace una mueca de desagrado y desvía la vista. Se deja caer encima del sillón con desgano. Miro a nuestro alrededor para familiarizarme con el lugar. Las paredes algún día debieron ser blancas pero ahora están cubiertas de mugre y presentan deformes manchas de humedad tapadas para disimular con reproducciones baratas de naturalezas muertas. En un rincón, un escritorio prearmado de madera terciada es junto con la mesita ratona y las revistas de actualidad de hace varios años, con sus tapas ya decoloradas, frente al sillón, lo único que completa la recepción.

Siento calor y no sé si es por la calefacción o porque estoy comenzando a levantar unas líneas de fiebre. Lucía también examina aburrida a su alrededor y revuelve desganadas las revistas que se apilan en la mesita. Hay algunos ejemplares de revistas que hace años dejaron de salir. Levanta una cualquiera y me la muestra levantando las cejas. Una mujer desnuda y en posición sensual saluda desde la cubierta.

—Creo que el Doctor tiene algo para que los que vengan a acompañar a sus pacientes no se aburran mientras esperan que terminen con sus mujeres. Es eso o el tipo se dedica a traficar esperma.

—¿Siempre hacés comentarios tan estúpidos o sólo cuando estuviste a punto de morir?

—¿Te puedo preguntar algo, Mario?

—Decime.

—¿Por qué no te vas un poco a la reconcha de tu madre?

Suspiro y le respondo con paciencia:.

—Vinimos a los de un médico que nos va a revisar y curar a las cinco de la mañana después de haber matado a dos lugartenientes de un capo narco ¿se te ocurre un lugar mejor para ir?

El médico vuelve a aparecer por el pasillo, ahora lleva guardapolvo blanco con viejas salpicaduras rojas decoloradas y guantes de látex, estetoscopio, ojotas en los pies y el pelo apenas un poco más acomodado que antes.

—Por fin —dice Lucía.

—¿Quién es el paciente?

—Los dos —respondo.

—Pero lo suyo es más grave, le metieron un tiro en el hombro.

—No es para tanto.

El doctor nos indica desganado:

—Eso lo voy a determinar yo —dice y nos hace un gesto para que lo sigamos. Nos metemos en el pasillo, pasamos por una de las puertas laterales, entramos a un pequeño cuarto claustrofóbico al tiempo que el tipo aprieta el interruptor de la luz que se enciende blanca y con un zumbido eléctrico. Hay un sillón camilla de ginecología en el medio de la salita, una banqueta redonda con la cuerina negra ajada, una mesa con instrumental médico y un perchero atrás de la puerta.

—Vas a tener que sentarte ahí —me dice señalándome el sillón.

Cuelgo el saco en la percha. Veo por primera vez la herida y no tiene buena pinta. Sangre rojinegra y viscosa tiñó toda la zona y el contraste con el blanco inmaculado de la camisa es bastante notorio. Nunca me permito salir de casa sin una camisa blanca recién planchada.

Me desanudo la corbata. Lucía mira de costado mientras el médico se prepara para trabajar.

El tipo se pone el barbijo.

—¿Gladys les habló de la plata?

—Sí. No se preocupe doctor.

—Quiero que sepan que esto es un favor personal que le hago a mi hermana. No me gustan los policías —dice y aplica con fuerza una gaza empapada en alcohol sobre la herida. Pego un grito que sacude la somnolencia del ambiente.

—A ver nena, alcanzame esa botella —dice y señala un frasco en un estante.

Lucía le da la botella y el doctor la descorcha con los dientes.

—Tomá esto, a ver si te tranquiliza un poco porque lo que viene va a doler más —dice y pone el frasco a la altura de mis labios. Lo miro con desconfianza. Quisiera conservar algo de olfato para darme una idea de qué me están ofreciendo.

—Tequila. No es de lo mejor pero te va a servir —responde el médico adivinando mis pensamientos.

—No, ya tuve suficiente alcohol esta noche —digo.

El tipo se alza de hombros.

—Es la primera vez que alguien me rechaza el tequila. Si lo preferís así… —se agacha y revuelve una caja llena de instrumental médico hasta que saca un cilindro de madera y me lo mete entre los dientes —mordé esto entonces, no queremos despertar a los vecinos.

Muerdo el pedazo de madera, el tipo levanta una pinza y corro la vista. Siento el metal entrándome en la carne, metiéndose entre los nervios, el músculo y el cartílago y es un dolor como no recordaba haber sentido alguna vez. Muerdo la madera, el dolor se intensifica, cierro los ojos y cuando siento que ya no voy a poder seguir soportando la situación sin desmayarme escucho un *clink*.

El plomo contra el metal del plato enlozado. Ahí va el residuo patológico, la prueba definitoria en un caso, solo un pedazo de metal aplastado en el fondo de un plato.

Abro los ojos. Siento como si cada centímetro cúbico de aire que entra en contacto con la herida abierta en mi hombro fuera una aguja afilada que se me clava en la carne.

—Tuviste suerte, no hubo una pérdida importante de sangre ni tocó tejidos importantes. —tiene una aguja gruesa y larga en la mano y comienza a coser la herida como si estuviera haciendo matambre. Ya casi no siento más que un leve cosquilleo y un poco de mareo, y como si en cualquier momento me fuera a desmayar. El dolor me sedó. Cuando sacudo la cabeza ya me está aplicando una compresa de gaza y cinta sobre la herida.

El doctor me alcanza un pastillero, prescribe una cada doce horas.

—Es un analgésico fuerte, no recomiendo que te pases de rosca porque a tu edad, y sin conocer tus antecedentes médicos, se puede llegar a complicar.

A mi edad. Me da una palmadita en el otro hombro, el que está sano y me dice que ya me puedo levantar. Trago saliva, junto lo que me queda de fuerza y me pongo de pie con dificultad. Dejo a Lucía con el doctor y me vuelvo a la recepción.

Tengo que pensar los pasos a seguir. Podría mover algunos contactos dormidos, nos podemos refugiar una temporada en la cabaña de Bariloche. Era una propiedad olvidada de la familia de Mercedes que luego heredó ella, fue nuestra y ahora es mía. Hace años que no vamos para allá. Es un lugar humilde y sencillo, tiene sus cuantos años y habrá que hacerle algunas refacciones pero al menos sé que ahí podremos estar a salvo algún tiempo. Podemos remodelarla, poner una pequeña casa de té, vender dulces artesanales, chocolates para los turistas, guardarnos un tiempo allá hasta que baje el peligro por acá. Si es que algún día baja.

Estoy sumido en estos pensamientos cuando vuelven a aparecer en la recepción Lucía y el médico.

14

Hotel Alojamiento

Dice el médico: "Van a estar bien, pero necesitan descansar."

Salimos del edificio y el cielo ya empieza a clarear. Subimos a la camioneta y salimos sin rumbo definido. Agarro la primera salida a la autopista y subo. Andamos unos kilómetros hasta que encuentro un hotel alojamiento y nos metemos.

Lucía me interroga con una mirada alerta.

—Acá nadie nos va a hacer preguntas molestas.

—Como digas.

En la recepción nos atiende una voz femenina invisible detrás de un vidrio ahumado, pago por adelantado el pernocte y subimos al segundo piso. Pedí una de las habitaciones más caras pero aún así lo único que hay es una cama muy larga, un jacuzzi y paredes con una decoración temática de antigüedad clásica: dibujos con pésima terminación y acabado de perfiles del tipo romano o griego, hombres y mujeres desnudas llevando vasijas de agua y racimos de uvas, acostados, con sus miembros erectos. La decoración va convirtiéndose sutilmente pornográfica en la medida que nos acercamos a la cama en el centro de la habitación rodeada de unos cortinares pesados de un violeta chillón.

Lucía se sienta en un extremo de la cama, baja la cabeza, palmea el colchón a su lado indicándome que me siente ahí.

Me quedo estático y ella vuelve a insistir señalándome el rincón a su lado. Me siento al lado suyo.

—Lucía, yo quiero que sepas…

No me deja terminar, se echa encima mío, me abraza, apoya su cabeza en mi hombro y llora. Su cuerpo tan ajeno, el que iba a eliminar, borrar, dejar bajo tierra está vivo, caliente, respira encima mío y no sé qué hacer. Le devuelvo el abrazo. Llora, se refriega encima mío, el pelo sucio, la cara sucia, todo su cuerpo lleno de mugre, se refriega buscando un instante de compañía.

—Perdón —dice y se aparta, se lleva la mano a los ojos y se enjuga las lágrimas.

Se levanta con energía, como si esa cercanía que tuvimos hace un instante hubiera sido un error y va hasta el jacuzzi sacándose la ropa que deja regada por el piso de la habitación.

—¿No querés bañarte vos también?

—Claro, avisame cuando termines.

—Vení ahora —dice sin darse vuelta para mirarme, contemplo su espalda esbelta, la línea curva de su columna, su cola dura, las piernas perfectas y atléticas, siento un cosquilleo en la nariz, como si hubiera recobrado el olfato y estuviera sintiendo la fragancia dulce de la flor de la juventud. Lo dudo un momento y sé que no debería hacerlo.

Me saco la ropa, apoyo la cartuchera con la Browning en la cama y me uno a Lucía que ya está adentro de la pileta de mármol barato, recibiendo chorros de agua tibia sobre la piel, tomando un baño como si fuera una ninfa en el bosque o estuviera inmersa en el foro rodeada por los dibujos vulgares que imitan el estilo romano. Me siento adentro del jacuzzi, y siento por una vez un poco de pudor de que ella vea mi cuerpo gastado de tantas batallas.

—Que el agua no toque la venda —digo como un estúpido pero es en lo único que puedo pensar además de contemplar el cuerpo armonioso de Lucía.

Junta las manos en forma cóncava, la coloca debajo del chorro de agua y me arroja unas gotas sobre el vendaje y se ríe como una chiquilina y después se pone seria cuando ve que no me río. No nos tocamos. Nos miramos, y escuchamos el agua fluir. Me acomodo adelante de uno de los chorros que larga el agua tibia. Largo un suspiro y no me doy cuenta cuando Lucía se acerca hasta quedar al lado mío. Me pasa jabón por el pecho, por la espalda, por las piernas y luego se detiene con amor entre mis piernas y me devuelve el favor de haberle salvado la vida. Cuando termina se inclina ante mí y apoya los labios en mi frente, me da un beso suave y húmedo y se vuelve para atrás.

—Lucía yo… —digo recuperando el aire.

Me hace "Shhhh" y se tapa la boca con el dedo índice. Ahora se pasa el jabón por el cuerpo y yo sólo la miro. Es hermosa y está llena de vida. Por un momento siento que hice algo bien, algo que valió la pena.

Se enjuaga, se pone de pie con la misma armonía con la que se metió en la bañera y sale, da unos pasos descalza por la mullida alfombra, toma un toallón y se envuelve en él. Yo me quedo un rato más sintiendo el agua tibia en la espalda, sintiendo como se me aflojan los músculos. Al lado de la bañera hay una mesa baja con un florero que tiene un jazmín solitario, un teléfono y una cartilla con productos que ofrece el hotel.

Hojeo sus páginas satinadas, repletas de fotos de productos eróticos, comidas rápidas, bebidas y promociones de champagne. Hacia el final se oferta lencería y camisones de satén rosado. Una modelo, en una fotografía muy bien producida, muestra las distintas opciones posibles. Elijo uno.

Llamo a recepción y encargo que lo manden a la habitación junto con unos sandwiches y una Coca-Cola. Cierro los ojos y por un momento logro tener la mente en blanco. Golpean la puerta. Salgo de la bañera, me envuelvo una toalla a la cintura, tomo la Browning y con la pistola al costado del cuerpo y el dedo en el gatillo pregunto quién es. Me responden que traen el pedido, que les abra la puertilla para que puedan pasarlo. Bajo la traba, hago pasar el cajón de la puerta al otro lado, depositan una bandeja y el paquete con el camisón y lo vuelvo a entrar.

En la cama Lucía duerme boca arriba, todavía envuelta en la salida de baño. Le acaricio la mejilla suavemente una vez, otra vez más y como en un reflejo me agarra el brazo al tiempo que abre los ojos muy grandes. Tarda un segundo en darse cuenta que soy yo y me suelta.

—Perdón, estaba teniendo un sueño feo —susurra.

—No es nada. Te traje algo para que comamos y algo para que te cambies. No vas a dormir con la ropa que usaste hoy —digo mirando la pila de su ropa sucia, manchada de sangre seca y barro que se amontona en el piso.

Le importa más el sándwich que la ropa y se lo come casi en tres bocados. Luego revisa el paquete con la lencería. Se sube la toalla para ajustarla alrededor del pecho. Desconfía, lo veo en su mirada, pero por fin abre el paquete y despliega el juego de ropa interior y el camisón.

—Es lo más discreto que tenían en el catálogo. Mañana vamos a ver de conseguirte algo de ropa nueva —me apresuro a decir.

—Está bien Mario.

—Yo duermo en el piso, ¿sabés? —tomo una almohada y la acomodo en el suelo.

Lucía asiente con la cabeza y se pone de pie, me da la espalda mientras se cambia.

—En realidad, me gustaría que duermas conmigo esta noche. —me dice dándome todavía la espalda.

Me quedo mudo intentando descifrarla.

—No estoy sugiriendo eso. Es que tengo miedo. Prefiero saber que vas a estar al lado mío si llega a pasar algo.

—Nada va a pasar. Nadie sabe que estamos acá.

—Igual. Me voy a sentir más segura si sé que estás al lado mío.

La veo acurrucada en un rincón, con el miedo impreso en la cara.

—Está bien. Pero no nos confundamos.

—Yo no estoy confundida.

—Perfecto, porque eso que pasó recién el jacuzzi…

—Callate de una vez, Mario.

Me vuelvo hasta la cama, busco en mi ropa perfectamente acomodada, me pongo los calzoncillos y la camisa, la abrocho y espero a que Lucía se meta entre las sábanas para hacer lo mismo. Me acuesto en un extremo pero ella me busca.

—Dejame abrazarte.

La dejo. Nos quedamos dormidos.

Me despierta el sonido de un bocinazo que viene de afuera. El reloj de la mesa de luz dice que pasaron seis horas pero yo siento como si hubieran sido apenas quince minutos. El cuarto está completamente oscuro pese a que afuera puedo adivinar que el sol ya está bien arriba y rajando la tierra. Corro el brazo de Lucía de encima mío que responde con un gruñido dormida, me levanto de la cama, agarro la Browning y doy una vuelta por el cuarto. Examino cada rincón, como si estuviera seguro de encontrar a Walter Ayala adentro del placard espejado. Lo abro, lo verifico, apenas hay unas perchas deslucidas colgadas ahí. De cualquier modo, ¿para qué necesita armarios un hotel alojamiento? Voy hasta el baño me miro en el espejo un instante y veo las marcas en la piel, la herida de la mejilla, las bolsas ennegrecidas debajo de los ojos. Me llevo las manos a la cara, la pistola apunta al techo, toco con los dedos libres cada línea de piel envejecida y cansada, abro la canilla, tomo un trago de agua y vuelvo a la cama. Cierro los ojos y ya estoy durmiendo.

Despierto de nuevo unas horas más tarde. Esta vez es el teléfono. Me levanto trabajosamente, siento que me palpita la cabeza, Lucía apenas se percató del movimiento y sigue acurrucada en la cama. Atiendo. El recepcionista me anuncia que ya se terminó el horario de pernocte y que tenemos que dejar el cuarto. Le digo que nos vamos a quedar un turno más, de los normales y cortos. Son dos horas para levantar las cosas e irnos. ¿Pero a dónde?

15

Hey Ho! Let´s Go!

Una hora y cuarenta y cinco minutos más tarde estamos pasando por la puerta de salida del hotel y nos subimos a la camioneta. Acabo de pagar la cuenta con efectivo lo que me dejó casi seco.

Tenemos otros problema además: no podemos andar por la autopista y por la ciudad como estamos vestidos. Mi camisa está salpicada de sangre que el saco apenas alcanza a cubrir. Lucía lleva la ropa sucia de tierra y manchas de sangre.

Por último está el tema de la camioneta. Necesitamos deshacernos de ella cuanto antes. En resumidas cuentas, tenemos que resolver el tema de la camioneta, el tema de la ropa y el tema de pasar por la oficina a buscar plata y documentos si vamos a emprender el viaje a la cabaña de Bariloche. Todo esto intentando evitar caer bajo el radar de los buchones de Walter Ayala.

—Tengo un plan —le digo a Lucía.

—Que bueno, porque yo no tengo la menor idea de cuál va a ser nuestro siguiente paso.

—Pero antes tenemos que arreglar otro asunto ¿cuál es la situación de tu hermana?

—Mi hermana vive en Montevideo desde que yo era chica y es mi única familia. Casi no tenemos relación. Se fue cuando mi viejo se fue. Ella ya era grande y no aguantó la situación. Se dio cuenta que podía irse y se dijo ¿por qué no?

—Las abandonó a vos y a tu mamá.

—Sí. Me importa un carajo lo que le pase.

La observo un segundo con incredulidad.

—Pero ¿no lo escupiste a William Flores por haber dicho que la iban a violar?

—La sangre es la sangre más allá de que mi hermana sea una conchuda.

—Y te importa un carajo lo que le pase.

—Me molestó la fanfarroneada de ese peruano hijo de puta. Siempre los odié a los Flores. Malparidos.

No entiendo qué está pasando.

—¿Me querés decir que todo eso fue por la fanfarroneada de un peruano de mierda?

—Podría decirse, sí.

—Una fanfarroneada que le costó la vida —repito intentando creer lo que estoy diciendo.

—Si lo ponés así pareciera que soy una pendeja impulsiva.

—¿Y no lo sos?

—Bueno, sí, pero ese hijo de puta se lo merecía.

—¿Te das cuenta de que las cosas podrían haber salido muchísimo peor sólo porque no te gustó una fanfarroneada? ¿te das cuenta de que las cosas todavía pueden salir mucho peor? Nos buscan para matarnos solamente porque no pudiste seguir una simple orden: "quedate callada" porque te molestó una estupidez que dijo un pelotudo en un tema que ni siquiera te afectaba —digo sintiendo como un calor me empieza a subir por el cuello hasta la cara con cada palabra que agrego.

Se encoge de hombros.

—Lo hecho, hecho está ¿qué puedo decir? Además, vamos, tarde o temprano Walter se iba a dar cuenta de la situación e íbamos a estar en la misma situación.

—¡Las pelotas! —grito y golpeo el volante con el puño —¡podría haber tomado el control de otra manera! ¡ahora estamos jodidos y todo porque no pudiste contener tu orgullo de mierda!

Lucía abre la puerta de la camioneta, se baja y empieza a andar a paso firme hacia la salida del estacionamiento del hotel.

—¡Esperá Lucía! —extiendo el brazo intentando agarrarla pero se me escapa. Me bajo a toda velocidad, no voy a repetir esta escena con ella. Troto hasta alcanzarla, la tomo del brazo y la hago darse vuelta, forcejea.

—¡Soltame hijo de puta!

—Vení, volvé al auto y solucionemos esto. Sabés que sola no llegarías a durar una hora hasta que te encuentren los soldados del Inca.

La veo dudar, mira a los costados, sabe que me necesita. Refunfuña y me sigue de vuelta a la camioneta. Nos sentamos de nuevo y nos quedamos en silencio un instante.

—Mario —dice antes que pueda decirle algo más —yo soy así. Yo soy esto. Nadie te obliga a llevarme con vos. Nadie te obligó a sacarme de ese pozo —se le vuelcan unas lágrimas que se esfuerza por reprimir.

—Tenés razón —bajo la cabeza —pero ahora ya lo hice y tengo una responsabilidad.

Lucía saca un paquete de cigarrillos arrugados, me ofrece uno que rechazo y saca otro para ella. Fuma.

—Entonces —dice con total tranquilidad ahora —¿en qué estábamos?

—Familia, amigos, alguien que pueda correr peligro por ser cercano a vos; alguien a quien Walter pueda querer hacer una visita para tener una conversación amigable.

Abre la ventanilla, expulsa el humo para afuera y vuelve para responderme:

—Nada. Amigos no me quedan.

Trago saliva.

—Mi hermana es mi única familia y no la van a localizar nunca.

—Yo no lo subestimaría.

—Es más probable que nos encuentre antes a nosotros que a Gabriela. Y si la encuentran, que se joda por haberse ido a la mierda. No me va a correr con la lástima después de lo que nos hizo a mamá y a mí.

—¿Segura?

Asiente con la cabeza.

—Entonces no debería ser un problema, al menos por ahora.

—¿Y vos?

—¿Amigos y familia?

—Exacto.

—No deberías preocuparte por eso. Cuanto menos sepas mejor para vos.

—Andate a la mierda.

Me aflojo. Sonrío.

—Me hacés acordar a una chica que conocí el año pasado.

—¿Por?

—Por lo mandona y por lo especial que se creen a pesar de no ser nada.

—Y decime, ¿en qué terminó tu relación con ella?

—Fue complicado, pero tenía razón.

—¿Y?

—¿Y qué?

—Es obvio que hay algo más que no querés decir.

—En eso sos muy original: perceptiva como vos no conocí a ninguna. Al final, me salvó la vida.

Sonríe.

—Entonces sabés que tengo razón.

—Cortemos esto acá.

—¿Yo le debo el que vos me rescataras?

—Que se yo ¿me viste cara de psicólogo, acaso?

Tira la colilla del cigarrillo por la ventanilla.

—Entonces, ¿amigos y familia?

—Mis amigos saben cuidarse solos. Mi familia son mis hijos. No tengo relación con ellos desde hace años. Ya me encargué de hacer los llamados necesarios mientras vos te cambiabas para que no corran riesgos.

—¿Y no podés mover tus contactos para que nos protejan a nosotros también?

—No, eso ya es más complicado —digo y le señalo el atado de cigarrillos para que me alcance uno —cada uno tiene que hacerse responsable de las cagadas que se manda.

La contemplo uno segundos en toda su dimensión. Una mujer hermosa, un hermoso vagón de problemas.

—¿La poli?

—Olvidate.

—¡Mataste a dos lugartenientes de máxima confianza de un capo narco! Deberían hacerte un monumento, ¡no dejarnos por las nuestras para que nos maten!

—¿Dos lugartenientes? Un soldado y uno de sus hombres de confianza, seguro. En otra época hubiese sido diferente. Los tiempos cambiaron. Pero vos y tu pequeña cabecita no lo puden entender.

—Pelotudo —murmura.

—Vamos, dejemos las manifestaciones de afecto y resolvamos lo siguiente: ropa y un vehículo.

—¿Ves? Ya me necesitás más de lo que yo te necesito a vos —dice triunfal.

—¿Alguna idea acaso?

—Estamos cerca de zona de shoppings, llevanos al más cerca y te muestro algunos de mis truquitos.

—Pensé que ya había visto todos tus trucos.

—No vistes nada todavía.

Arranco el motor de la camioneta, pongo primera y salimos.

—Seguramente nada que no conozca, pero no perdemos nada con intentarlo.

Entramos en el playón de estacionamiento de un shopping y tardo un rato en encontrar un espacio libre donde estacionar.

—Vamos a ver de qué madera estás hecha.

—¿No confiás en mí?

—Dame algo que me haga pensar que no vamos a terminar con un tiro en la frente y voy a confiar en tus habilidades.

Lucía no pierde el tiempo, se baja de la camioneta y da unas vueltas entre las hileras de los autos. Se mete entre ellos, se escabulle apenas rozándolos con su cuerpo.

La observo desde detrás del volante preparado para meter marcha atrás y salir con todo en caso de que las cosas no salgan bien. Hay mucha gente llegando y saliendo además de guardias de seguridad privada que pasean con desgano. Me tocan bocina. Miro por el espejo retrovisor, y un tipo arriba de una Chevrolet Silverado azul metalizada me hace gestos con las manos. Baja la ventanilla, asoma medio cuerpo para afuera y me dice:

—Campeón, ¿ya sale?

—Borrate imbécil.

—Eh, amigo, calma, estoy tratando de estacionar y como te vi ahí adentro con el coche en marcha pensé que ya salías.

—¿No me escuchaste pelotudo? Tomátelas.

—¡Hijo de puta! —me grita y sale buscando otro espacio libre.

Vuelvo a buscar a Lucía pero ya no sé donde está. La perdí. Siento las manos húmedas posadas sobre el volante, sobre la palanca de cambios.

La busco con la vista por todas partes pero no está. Es como si hubiera desaparecido entre los cientos de autos que se acomodan en el párking.

Escucho el sonido de vidrios rotos y la alarma de un auto, hay gritos, y un guardia de seguridad corre llevándose la mano a la pistola en dirección oeste. Lo sigo con la mirada y veo al final de la hilera de autos un charco de vidrios rotos. ¿Dónde mierda estará Lucía? ¿este era su plan tan brillante? Me puteo por haber confiado en ella. Estoy a punto de poner marcha atrás, salir de este lugar y dejarla. Que se arregle. Pero entonces la veo venir para acá, camina con tranquilidad, los gestos relajados, el paso ligero, lleva una bolsa y viene por el este. Le toco bocina y me responde con un gesto de la mano para que no haga ruido. Sigue su paso tranquilo como si no hubiera un alboroto en todo el piso, con los guardias de seguridad ahora rodeando todos el auto con los vidrios rotos.

Lucía se sube al auto con tranquilidad.

—Te lo dije. Pan comido.

Arranco, salimos de la playa de estacionamiento y bajamos por la rampa hasta una de las cándidas y tranquilas calles laterales del edificio. Detengo el auto en la vereda.

Ahora que recuperé el pulso normal la encaro:

—¿Me estás jodiendo? ¿qué fue todo ese quilombo que armaste?

Levanta la bolsa que trajo.

—Ropa.

—¿Pero vos estás loca? ¿viste la cantidad de gente, guardias y cámaras de seguridad que había ahí?

—Shhhh, tranquilo papito. A eso lo llamamos "distracción" —dice con tono didáctico —mientras vos y los demás estaban mirando al auto de la alarma tuve todo el tiempo del mundo y nada de la atención para conseguir esto de otro auto que ni tenía alarma.

Me siento un idiota.

—Bien pensado —termino concediendo malhumorado.

—Claro. Te lo dije.

—La próxima vez, avisame cuál es tu plan porque estuve a punto de dejarte a tu suerte ahí arriba.

—Peor para vos. Yo ya tengo esto —dice y saca la remera que robó. Es una prenda amarilla, sencilla y gastada, con un escudo rojo en el centro, un águila posada sobre este sosteniendo un bate de béisbol y una rama de olivo. Arriba dice Ramones.

Me mira con picardía, adivina mi ignorancia.

—Está bien abuelo, no tenés por qué que saber cómo choreamos ahora ni conocer a los Ramones.

Siento que se me enrojece la cara.

Lucía se saca la remera que lleva y queda en corpiño.

—¿Qué hacés ahora?

Levanta la remera se cubre los pechos con ella y remarcando lo obvio me dice:

—¿Qué te parece que hago? Me cambio.

16

Grand Cherokee

—Todavía tenemos que cambiar el auto.

—Y algo de ropa para vos.

Lucía mete un dedo por el agujero que le quedó a la altura del hombro.

—No podés andar con esto. Tiene un agujero de bala. Te voy a conseguir algo para vos.

—Lo importante es cómo nos vamos a mover.

Echo un vistazo a la calle tranquila donde estamos. Es el mediodía y el sol está bien alto, no se ven civiles y hay un clima de modorra extendido, sin rastros de movimiento. Las casas de dos pisos están rodeadas por paredones tapados de ligustrinas y enrejados, cámaras de seguridad en cada esquina, y una caseta donde debería haber un guardia pero que desde acá se ve vacía. Prendo el motor y ando en segunda muy lentamente por el barrio. Nos metemos en algunas de las calles laterales, todas deshabitadas. De algunas casas se escucha el sonido de televisores prendidos, madres que llaman a la mesa a sus hijos, sierras eléctricas podando árboles en los jardines. Al final llegamos a una callecita sin salida que termina en un baldío de pastos altos y descuidados. No hay casas en esta zona ni testigos. Es el lugar ideal. Nos adentro en los pastizales hasta que llegan a la altura del chásis elevado de la camioneta, apago el motor y le digo a Lucía que nos bajamos.

A la vuelta de la manzana vi un Renault 19 color rojo bastante gastado y lastimado por el paso del tiempo. Estaba estacionado frente a un árbol solitario. Por el estado de los guardabarros y la pintura saltada no creo que su dueño vaya a extrañarlo demasiado si desaparece por un par de horas. Voy a apostar a eso. Caminamos en tensa calma. Que no haya gente en la calle no significa que no sigamos en peligro. Localizo el auto y le hago un gesto con la cabeza a Lucía que asiente.

—¿Tenés algo que pueda servirnos?

Sonríe.

—¿Viste que me ibas a necesitar?

Mete la mano el bolsillo, busca un rato y al final me pasa un clip para atarse el pelo.

—¿Y qué querés que haga con esto?

—Magia. Otra cosa no tengo. No tenía pensado llevarme a la tumba un kit para forzar cerraduras.

Puteo por lo bajo.

Lucía se para en medio de la calle vacía, de frente a donde a pocos metros empieza la zona urbanizada.

Abro el clip y le doy forma, lo meto en la cerradura, maniobro unos instantes pero no logro nada. No hay forma, la puerta no quiere abrirse y siento que el tiempo empieza a pasar con más lentitud, la frente me transpira en gotones enormes y el sol me está dando de lleno en la cabeza. Insisto, levanto la vista en busca de Lucía que me hace un gesto con la mano para que me apure hasta que por fin siento un *click*. Lo logré, la traba baja pero entonces comienza a sonar los bocinazos de la alarma. La puta madre. Me agacho y meto medio cuerpo adentro, me acuesto debajo del volante buscando los cables que hay que cortar.

—¿Pasa algo? ¿los puedo ayudar? —escucho afuera la voz de un tipo que se acerca.

Busco la Browning y la desenfundo.

—Mi papá. Perdió las llaves del auto.

Asomo la cabeza, la pistola todavía en la mano pero fuera de la vista del tipo que viene caminando hacia nosotros. Lleva unos shorts deportivos y una chomba gastada color salmón, pantuflas y el pelo revuelto.

—¿Entonces usted es el dueño del Renault? —pregunta el tipo desconfiado.

—¿Qué tal? —saludo —ya estoy con usted, un instante por favor.

Ahí está el cable que tengo que cortar y lo tengo que hacer rápido. Espero que Lucía sepa entretenerlo mientras tanto.

—¿Vivís por acá?

—En esa casa de allá. Escuché este lío y vine a ver qué pasaba.

—No es nada, pero igual menos mal que apareciste, me estaba aburriendo mientras espero a papá.

Tironeo, el cable es viejo y cede al tercer intento, la alarma para. Me levanto, enfundo la pistola y me acerco a saludar al tipo. Le extiendo la mano.

—Disculpe los modales, pero esa alarma de mierda me estaba volviendo loco —le digo.

La mano del tipo está blanda, desconfiada.

—Martín Álvarez —me presento.

—Ah, sí, Juan Pereyra, me dicen John —dice con desconfianza mientras relojea a Lucía que lo mira con la cabeza inclinada, los ojos bien abiertos y la remera anudada por encima del ombligo.

—Como le decía mi hija, dejamos el auto, perdimos las llaves y bueno, tuve que improvisar un poco, espero no haberlo molestado.

—No, está bien. Es que justo es el mediodía y algunos almuerzan temprano, ya es la hora de la siesta. Su auto está ahí desde hace semanas.

—Sí —digo y me seco la transpiración con la manga del saco —Carolina se había olvidado dónde lo había dejado.

—A veces soy un poco distraída —dice Lucía improvisando una sonrisa pícara.

—Ahh, claro.

—Ahora podríamos dejarlo de nuevo acá y no olvidarnos nunca dónde quedó…—sigue Lucía.

—No creo que volvamos a olvidarlo, hija.

—Pero si se diera el caso de que lo olvidáramos, ya sabemos dónde estaría porque podríamos decir: "ahí, frente a la casa de John".

Pereya se acalora.

—Podés olvidar el auto cuando quieras, yo te lo cuido.

Doy un paso hacia el tipo.

—¿Estás intentando levantarte a mi hija?

—Pero por favor, Martín. De ninguna manera.

—No me gusta que me tomen por pelotudo.

—En fin, me tengo que ir, no quisiera seguir molestándolos.

—No nos molestás —dice Lucía endulzando la voz.

—Vamos —le digo, la tomo del brazo y le doy un tirón.

—Un gusto conocerlos y hasta pronto.

—¡Nos vemos John! —dice Lucía y le tira un beso al aire.

Me doy media vuelta, me llevo la mano adentro del saco y agarrando la pistola pero sin desenfundarla, formando bulto le digo enarcando las cejas:

—No nos conociste.

—No, no, desde luego. —nos da la espalda y camina a paso vivo hasta su casa.

Volvemos al auto.

—¿Te gustó eso papi?

Respondo con un gruñido.

—Ni siquiera me dejaste empezar a jugar.

—¿Querías obligarme a pegarle un tiro a ese pobre infeliz?

—No iba a hacer falta.

—A veces creo que no tenés idea de dónde estamos parados y qué peligro corremos.

—Cómodo para vos decirlo que no estuviste hace unas horas destinado a un hoyo en el suelo.

Siento una punzada en el hombro donde Edgar Flores me disparó. Me cuesta respirar, siento que me ahogo.

—¿Estás bien?

—No es nada —digo y me meto en el auto, me recuesto contra el respaldo y respiro hondo.

—Vamos, correte —me dice Lucía parada frente a la puerta abierta.

—¿Qué?

—En este estado en el que estás no vas a pretender manejar ¿no?

—Lo hice hasta ahora.

—Pero hasta ahora no te habías retorcido del dolor en la articulación de forma repentina. Mirá si te agarra un aguijonazo como ese en medio de la autopista.

Me corro al asiento del acompañante de mala gana.

—¿Sabés manejar?

—Algo de maña me doy.

—Eso no significa un sí.

—¿Qué tan mal puedo hacerlo? —dice y haciendo contacto con dos cables debajo del volante enciende el motor.

—Vamos a averiguarlo.

—¿A dónde capitán?

—Volvemos a donde dejamos la camioneta.

Y lo hacemos. Le digo a Lucía que espere arriba del auto con el motor prendido porque vamos a tener que salir rápido. Me bajo, voy hasta el baúl, lo abro y reviso el interior hasta encontrar el bidón. Rocío el coche con kerosene y riego los pastizales haciendo un camino hasta donde termina el baldío y comienza el camino de tierra.

—¿Tenés un cigarrillo?

Lucía me arroja el atado arrugado por la ventana y lo agarro en el aire. Enciendo uno, le doy una pitada fuerte y profunda, contemplo un instante el escenario y lo tiro a los pastos que se prenden fuego. Comienza a subir una densa columna de humo gris oscuro, me meto en el auto y le digo a Lucía que ya es hora de irnos. No tenemos mucho tiempo hasta que el humo llame la atención del resto de los vecinos y llegue la policía. Lucía pone la marcha atrás, gira el auto 45° y agarra el camino de vuelta. Por el espejo retrovisor veo como el fuego empieza a comerse la Grand Cherokee.

—¿Tenés hambre?

—Como si no hubiésemos desayunado hace dos horas.

—Sí, yo también.

—Necesitás ropa.

—Otra vez con lo mismo.

—No podés andar con ese saco agujereado, andrajoso y manchado de sangre.

—Demasiado delicada para ser una muchacha punk.

—Vos sos demasiado descuidado para ser rati.

—Sos una piba muy rara ¿sabías?

—No me piropees que podrías ser mi padre.

—Entonces necesitamos algo de efectivo para almorzar y algo que pueda ponerme para disimular mi uniforme de enterrador.

—Volvamos al *shopping*.

—Ya quemamos ese lugar.

—Vayamos a otro entonces. Está lleno por esta zona.

Lucía maneja concentrada en el camino. En algún punto me hace acordar a mí en otra época.

La diferencia es ahora yo estoy acabado y ella está viva.

Estacionamos en la playa descubierta de otro centro comercial. Este es más modesto y está también más venido a menos que el otro. El playón está casi vació en comparación y no se ven cámaras de seguridad.

—Vamos —me dice Lucía y baja del auto.

La sigo. Entramos al edificio. Los negocios parecen saldos de hace una década y ofrecen como nuevos, productos de ese tiempo. Es bastante deprimente. Lucía camina decidida y yo voy tras sus pasos. Damos unas cuantas vueltas y terminamos en el patio de comidas. Se sienta en la primera mesa que encuentra. Hay poca gente comiendo. Algunas familias ruidosas, hombres y mujeres solos que se ignoran, oficinistas de la zona que comen apurados.

Lucía se mueve como una profesional.

—El tipo que come una hamburguesa, a unos veinte metros, atrás tuyo —me dice.

Levanto la cabeza por encima de mi hombro. Es un hombre de espalda grande y que debe tener unos diez o quince años menos que yo. Come con desgano una hamburguesa y unas papas fritas, está sentado en una isla, rodeado de mesas y sillas vacías, casi en el medio del amplio patio de comidas. En la silla al lado suyo una bolsa con el logo de una marca de ropa de hombres.

—Hay también una familia, atrás tuyo a tu derecha, tienen varias bolsas de compras.

Les doy un rápido vistazo.

—Demasiado riesgo.

—¿A mí me vas a enseñar?

—Tenés suerte de que no te conocí antes porque hubieras terminado en un calabozo.

—A ustedes los arreglábamos con una parte de la recaudación.

—Mechera de cuarta.

—Y muy orgullosa de haber hecho lo que tuve que hacer para subsistir. Ustedes en cambio, no se ensuciaban las manos y recibían su tajada.

—Terminemos con esto —le digo y nos levantamos de la silla. No decimos nada, no hace falta. Ella va a dar una vuelta alrededor del rectángulo de restaurantes que rodean las mesas donde la gente almuerza y después va a encarar al tipo que está solo. Yo me adelanto a sentarme en la mesa que está atrás suyo dándole la espalda. Voy a hacerlo y a pesar de todo lo que pasó en las últimas horas, siento un vértigo inusual. La veo a Lucía una vez más. Tiene una expresión rara en la cara. Me pregunto qué estará pensando, qué estará sintiendo.

17

Una lata de cerveza vacía

Lucía está inquieta. A pesar de haber hecho este tipo de trabajos miles de veces, le transpiran las manos y le palpita fuerte el corazón como si fuese la primera vez. Además está el tema del policía. Nunca trabajó con él. Como un *flash* le viene el recuerdo de Santiago. Sus manos callosas, su aliento áspero, su expresión siempre sombría y aún así el modo en el que la defendía, ponía el cuerpo por ella. Ese cuerpo grande, bien formado y rígido, trabajado en horas de boxeo en el gimnasio del barrio donde lo iban a ver con sus amigas del colegio secundario, todos los días cuando salían de clase. Eran las pibas: Paula, Fer y Luli. Ya nadie le dice así. Tiene que despejar la cabeza y hacer el trabajo y de pronto se ve invadida por todos los recuerdos. Son minutos, lo que tarda en dar una vuelta larga por el patio de comidas desde la mesa donde estuvo hasta recién sentada con Quiroz hasta la víctima elegida.

Se vuelve a acordar de Santiago y el olor de las camelias una tarde de primavera, con el primer calor en las calles de Moreno. El olor de la garrapiñada que cocinaba Tito que todos los días hervía el agua con azucar a la salida de la estación de Paso del Rey, las casas suntuosas que sólo se podían espiar desde arriba del colectivo porque tenían paredones tapizados de plantas trepadoras y árboles que impedían la vista al interior, los sonidos de la cumbia que siempre sonaba por la calle Bartolomé Mitre, sin que nadie supiera exactamente de dónde venían; las salidas al centro junto con las pibas corriendo las cuadras que separaban el gimnasio del colegio, con el jumper, la camisa y los zapatos que incomodaban.

Después era el olor a macho, transpiración agria, encierro que había alrededor del ring donde Santiago entrenaba todos los días. Era bueno en lo que hacía. En todas esas tardes que ahora le vuelven bajo el manto piadoso de un recuerdo de frescura juvenil, inocencia y primer amor, nunca lo vio caer. En cambio Santiago se encargaba de mandar uno a uno, a todos los otros pibes que se entrenaban con él a besar el piso. Por eso y porque tenía su propio grupito de fanáticas, no lo querían los demás. Santiago era así, duro, terco, rígido, y de pocas palabras.

Lucía se muerde el labio. Siempre que se pone nerviosa lo hace y no se da cuenta hasta que siente la primera gotita de sangre en la lengua. ¿Por qué recuerda todo esto? ¿por qué justo ahora?

Mira la hora en el gran reloj analógico, sobre una plataforma en medio del patio de comidas. Se da cuenta. En menos de dos horas se va a cumplir un día desde que entró en el bar donde tocó Charly Brun con su banda. Una vida. La de Charly, la suya propia, todo cambió y la culpa es del tipo con el que ahora tiene que trabajar. Si cuando uno está por morir ve pasar por enfrente de sus ojos todos los grandes momentos de su vida, Lucía lo está experimentando ahora y específicamente con el recuerdo de Santiago, su primer novio. Nunca amó tanto a un hombre como a él. Sabe que no puede volver a amar a nadie como amó a Santiago. No de nuevo, no con esa pasión adolescente y alocada, no con la urgencia cuando de un día para otro su mamá falleció y la dejó sola. Gabriela ya las había abandonado hacía tiempo, siguiendo los pasos de su papá que se había ido pero tras los pasos de otra mujer.

Durante esos años, Lucía y su mamá estuvieron bien mientras no hablaban del tema. A veces Lucía la escuchaba llorar en la cocina, sola y triste. Estaba convencida que esas partidas le habían quitado años de vida. Aunque su madre nunca admitiría el dolor. No frente a ella al menos. Lucía nunca le había reprochado nada porque sabía los grandes esfuerzos que había tenido que hacer para poder mantenerla a ella y poder mandarla al colegio católico privado. Por esa época ya se sabía que los colegios públicos eran una incubadora de delincuentes juveniles. Lucía estaba terminando quinto año cuando de un día a otro se encontró con que su mamá había muerto. De un día a otro, sin aviso previo. Infarto de miocardio decía escueto el certificado de defunción que un médico desganado le había extendido después de examinar el cuerpo.

Lo peor es que no había plata. Más allá de un atado de billetes de cien que Lucía había encontrado en una lata de galletitas al fondo de la despensa de la casa, luego de revisar frenéticamente por todas partes, no había nada más. Ni seguros, ni cuentas de banco, ni nada.

—No te preocupes —le había dicho Santiago —lo vamos a resolver.

Al mismo tiempo que el chico intentaba tranquilizarla una banda de colectivos había pasado ruidosamente al lado suyo, tragándose sus palabras con el sonido de sus motores que eran como si se despertaran de una siesta cansados y calientes.

Estaban los dos sentados en las sillas de plástico del maxikiosco y panchería Rico en Bartolomé Mitre y España, justo frente a la Plaza San Martín. Era una noche tibia y oscura. Sobre la mesa descansaba una lata de cerveza vacía y además había una pila de bollos de pañuelos descartables manchados con rimmel. Lucía había estado secándose las lágrimas y en ese momento había pensado en levantarse y pegarle a Santiago. A él, por cuyo amor había luchado tanto y que le había costado la amistad del resto de las pibas. Había sido lamentable, pero ni Paula ni Fernanda habían aceptado que al final fuera ella la que se quedara con el boxeador. Se habían peleado. Habían creído que al no poder ser de todas, no debía ser de nadie. Al menos eso le habían dicho pero Lucía podía asegurar que eso no había sido más que una excusa para no aceptar la derrota. En el fondo todas habían creído que iba a ser Fernanda la que se iba a quedar con el amor del pibe humilde y recio de barrio; así había sido siempre y así parecía que tenía que ser. Pero a Santiago nunca le había interesado la alegría simplona de "esa cheta de mierda" como se había referido algunas veces a la ex amiga de Lucía. Era un pibe que no la había tenido fácil en su casa. Nunca había querido hablar del tema, pero Lucía se había ido enterando de a dosis en pequeñas confesiones. Padre alcohólico que le pegaba a su mamá, a él y a sus dos hermanos. Y después casi no se había enterado de nada más que de "el incidente". Así se refería Santiago al día en que había agarrado un cuchillo de la mesada de la cocina y se lo había clavado en las costillas a su padre. Era una tarde particularmente mala para el hombre que había llegado totalmente borracho y con ganas de descargarse. Santiago no lo había podido seguir soportando y lo había hecho. Pasó una noche en la comisaría y unos meses en un instituto de menores y cuando salió no tenía nada. Ahí fue cuando empezó a boxear por unos pesos, comida y techo en el gimnasio. Furia contenida le sobraba.

El olor a comidas de todo tipo se mezclan en un guiso de sabores que la distraen. Había tenido razón Santiago, todo estuvo bien un tiempo. Él la protegió con lo que pudo y cuando ya no pudo más, tuvieron que salir a robar. Como ahora. La primera vez que había estado con ese muchacho tosco y básico, herido por dentro, había sentido menos miedo que la primera vez que salieron a robar. Que ironía, su madre la había cuidado mandándola a un colegio de buenas nenas católicas para que no se mezclara con la clase baja de Moreno, para que no aprendiera como salían los pibes de fierro los viernes a la noche y había tenido que terminar haciéndolo para sobrevivir.

El lugar elegido para el primer robo había sido un negocio de ropa sobre la calle Bartolomé Mitre, claro. La vida de toda la ciudad siempre transcurrió, transcurre y transcurrirá por esa larga avenida fatigada diariamente por todo tipo de personas cansadas. Había tenido que ser ahí, un pasaje transitado, cerca de la Estación Moreno del tren Sarmiento. Tenía la gente, tenía la vía de escape rápido en el tren y tenía la distracción de los empleados de la tienda de ropa a los que mucho no les importaba lo que pasara porque total estaban mal pagos.

Todo eso era su pasado. No demasiado tiempo atrás, pero lo suficiente como para haberlo olvidado, reprimido en un rincón de su mente. Ahora volvía sentir todo eso retornando como una oleada sofocante de recuerdos tristes, llenos del inconfundible sabor agridulce del pasaje de la adolescencia a la adultez. Sentía que lo que resumía todo era "pasión". Eso. Mucha pasión para bien y para mal en todo lo que había vivido.

Sentía algo en común entre la primera vez que había tenido que ir a robar en ese negocio del centro de Moreno, junto con Santiago y este momento. No tanto por el método, pero sí por lo que había sentido ese día. Y porque como Quiroz, Santiago era un tipo grande y dañado. No sabía qué le había pasado al policía pero estaba segura de que algo malo había en él. Lo veía en sus ojos, en su cansancio de vivir, como si cargara sobre sus espaldas una bolsa invisible todo el tiempo, como si caminara de rodillas.

La primera vez que había robado lo habían planificado toda la noche junto a Santiago. Le habían dado mil vueltas al plan, habían anotado todo en un papel, puntuando cada acción aunque se trataba de algo sencillo; él entraría y distraería a la vendedora y aprovechando su cuerpo fornido taparía el campo visual de la chica mientras

Lucía guardaba uno o dos vestidos, los que pudiera agarrar y meter en el bolsillo falso de su saco. Luego saldría del local y caminaría directamente hasta la Estación donde debía tomarse el tren hasta Paso del Rey y esperarlo a Santiago. Era una sola parada y él saldría unos minutos después para no despertar sospechas. Un plan estúpido, inocente, piensa ahora Lucía. Pero había resultado y habían revendido la única prenda que había logrado sacar del negocio a buen precio de esa época. Cuando entraron al negocio habían estado a punto de cancelar el plan porque la empleada que ellos suponían debía estar había cambiado su franco con otra y además había un muchacho nuevo que no se suponía que estuviera ahí.

Santiago se había acercado a la vendedora que reemplazaba a la que debía estar y le había preguntado en voz alta, como para ser escuchado por Lucía que ya se había inmiscuido hasta el fondo del negocio, si vendían corbatas. Era la clave con la que debían abortar el plan si algo indicaba que las cosas podían salir mal, pero ella le había devuelto un "¿Dónde estarán las camisas?" también en voz alta y como hablando para sí misma que era el código para continuar. Y lo había logrado, había robado y había salido, se había tomado el tren, viajado una estación y había vomitado al lado de la vía. Eso no lo habían planeado, claro, pero se había sentido miserable y sucia y con el estómago revuelto después de hacerlo.

A ese robo le fueron sumando un par de trabajitos más. Nunca tuvieron problemas

Durante algunos meses lograron sobrevivir bien. A los robos les sumaron unos pesos que sacaban con tartas que Lucía comenzó a cocinar y vender en el barrio y además, Santiago estaba progresando en el mundo del boxeo, estaba comenzando a ganar algo de plata. Lucía se acuerda de esos momentos ahora y piensa que ya está, que su mente tiene que darle un respiro, se lo merece, ya recordó los meses de robos como el que están por concretar con Quiroz.

Durante un tiempo sobrevivieron y convivieron sin problemas mientras Santiago progresaba rápidamente en el boxeo. Como siempre con lo que se presentaba perfecto había sido descuidada y soñadora. Por eso había naturalizado que Santiago comenzara a llegar tarde al hogar que compartían lleno de excusas ridículas o que se mostrara mucho más entusiasmado por el alcohol que cuando lo había conocido y era una máquina humana dedicada ciento por ciento a moldear su cuerpo y salir de la pobreza a los golpes.

Había tomado la cocaína que había traído a la casa con naturalidad. No le había gustado en un principio pero cuando él le había insistido que tomara un poco, que iba a ver lo distinto que se sentía el sexo estando drogada, la había aceptado y después se había entusiasmado.

Ya tiene a la víctima nuevamente en el campo de visión, unos metros más y de vuelta al viejo juego.

Entonces un día Santiago se fue y nunca más apareció. Los últimos meses habían sido difíciles nuevamente. La plata parecía nunca alcanzar pese a que Santiago había ganado varias peleas. Él decía que no le habían pagado y estaba esperando el momento para cobrar todo junto.

Para peor, Lucía se había puesto muy mimosa con la cocaína y pasaba las largas horas sola mientras Santiago estaba en el gimnasio o quién sabía dónde totalmente drogada.

Durante unas semanas lo buscó. Intentó dar con él, encontrarlo para que volviera al hogar, saber qué le había pasado. Cuando estaba por darse por vencida se enteró de casualidad. Estaba en un bar al que Santiago solía ir después de entrenar, intentando saber algo de él en boca de alguno de los borrachos habituales que la miraban con lascivia cuando se encontró con Paula. Era ella, no tenía dudas. Aunque había engordado y el pelo rojo teñido mostraba unas puntas desfloradas y raíces negras descuidadas.

Dudó en saludarla pero lo hizo y conversaron un rato incómodo hasta que su ex amiga le comentó con falsa simpatía: "Lamento lo de Santiago y Fer". Entonces se enteró: Santiago se había ido con Fernanda; "esa cheta de mierda". Hacía dos meses que eran amantes y él había estado ahorrando todo lo que ganaba en las peleas para irse con ella. Se enteraba entonces por qué la plata había vuelto a faltar en los últimos tiempos.

Lucía sintió un odio ardoroso como nunca antes había sentido. Después fue depresión. Durante varios días se encerró en la casa a consumir alcohol y cocaína hasta que se quedó sin provisiones. Entonces empezó a frecuentar al Chino, el transa que le vendía a Santiago y que había conocido una vez que el tipo había pasado por su casa a llevarles. La primera fue gratis, para la segunda Lucía no tenía plata y lo cambió por sexo y así empezó a relacionarse con el transa y una noche después de coger dijo algo que no tenía que haber dicho acerca de cómo soñaba con vengarse de Santiago. El tipo pareció no escucharla pero la siguiente vez que se vieron él la llevó a comer y en medio de la cena le preguntó si seguía teniendo su sueño de venganza. El odio por Santiago y Fernanda no la había abandonado por lo que respondió que sí y el Chino dijo que entonces podía hacerse. Lucía se rió incómoda. No sabía de qué estaba hablando el transa.

El tipo debía estar enamorado de ella para ofrecerle algo así y cumplirlo. Nunca lo supo. Una semana después se enteró por los diarios que un sicario peruano había ultimado a la promesa del boxeo peso medio Santiago Perutto y su novia la empresaria Fernanda Amaro. Los habían liquidado desde una moto en el camino de la ribera a unos cien metros de donde la pareja vivía.

Esa fue la carta de presentación que le tendió con poco disimulo Walter "el Inca" Ayala a Lucía Zabala.

18

Guantes de boxeador

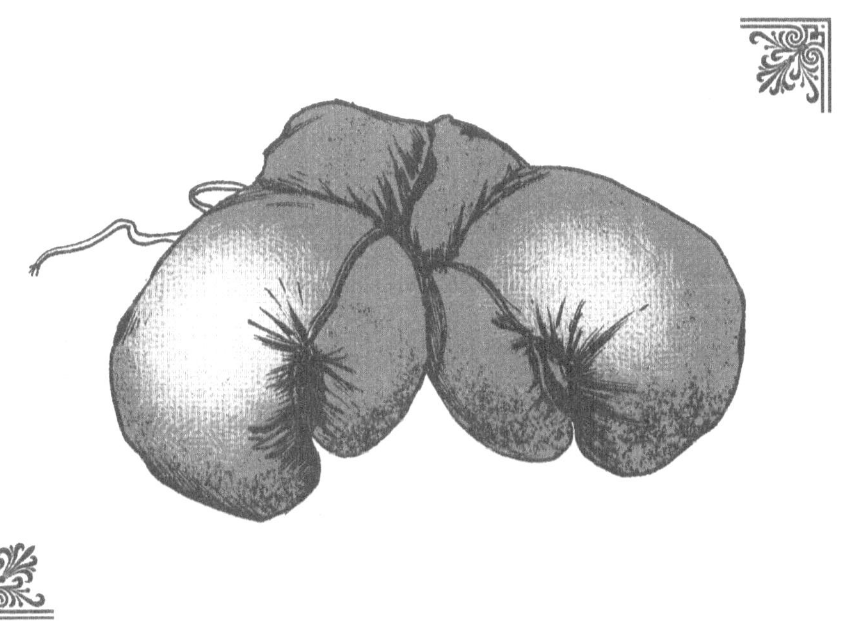

¿Cómo había terminado enganchada con Walter Ayala? Eso no se lo acordaba tan bien como todo lo demás. El transa del Inca con el que había empezado a relacionarse había desaparecido de un día a otro luego de la muerte de Santiago y ella había sido llevada por Edgar Flores ante el propio Walter que la quería conocer y después, más allá de eso, no recordaba casi nada de lo que había sucedido hasta que había empezado a relacionarse con el peruano. Sí se acordaba de los guantes de Santiago apoyados sobre la mesa de la casa que habían compartido, el último recuerdo que le había quedado de él. Ni siquiera se los había llevado cuando se había ido a vivir con Fernanda.

Hora de la acción. Da los últimos pasos hasta la mesa donde la víctima pierde el tiempo incauto. Localiza la espalda ancha del policía del otro lado. Se aclara la garganta y ya está en personaje.

Había hecho muchas cosas idiotas en su vida, pero estaba segura ahora que haberse metido con el peruano había sido la más idiota de todas. La segunda había sido haberlo dejado. Ayala no iba a permitir esa humillación. Lo había tenido que aprender de la peor forma. Con el recuerdo vuelve el dolor de los golpes sobre todo su cuerpo, los impactos de la paliza que le dio el Inca.

Había involucrado a Charly Brun y ahora estaba muerto por su culpa.

Que estúpida había sido, creerse más viva que Walter Ayala.

¿Por qué había jugado así al límite? Como siempre en su vida había sido por el aburrimiento y la intrepidez que sentía cuando estaba drogada. Después se había entusiasmado, había creído que podría salirse con la suya y cagar al Inca. Se había aburrido de él, de sus ataques de violencia, de los chistes que hacía todo el tiempo. No quería estar más en ese medio, justo cuando la situación con el Loco Bautista había empeorado.

El tipo al que le van a afanar, frente suyo tiene toda la pinta de un perejil, esto no debería costarle nada.

¿Cuánto tiempo la habría seguido el policía? Nunca se había fiado de él.

En eso se había equivocado Walter. Había confiado en un policía. Ese mono que había mandado a seguirla y luego matarla le había salvado la vida y ahora estaba en posición, dándole la espalda a la víctima que miraba distraído hacia un lado.

—Hola, disculpame, ¿sabés dónde puedo conseguir un equipo de buceo por acá?

A la hora del verso cualquier cosa es válida porque lo que importa es llamar la atención de la víctima, no lo que se dice. Eso lo había aprendido pronto, observando el modo en el que Santiago entretenía a las vendedoras con cualquier palabra tonta y algo de exhibición que pretendía casual de sus bíceps bien entrenados.

El tipo la mira de arriba a abajo con cara de disgusto, como si acabara de distraerlo de una reflexión fundamental. Hace un pequeño movimiento de cabeza:

—Disculpame, estaba en otra ¿decías?

—¿Me puedo sentar?

—Claro —responde con una amplia sonrisa.

Ningún hombre solo se resiste al pedido de una chica de acompañarlo.

—Ay, gracias, estuve dando vueltas por todo el centro comercial y tengo los pies hinchados de tanto andar —dice Lucía y se sienta.

Sube una pierna a la silla y se señala el tobillo.

—¿Ves? Está como enrojecido, hinchado.

El tipo se asoma por encima de la mesa y examina, no hay nada que ver pero asiente.

—Sí, así parece. Deberías descansar un poco.

—Si vos lo decís… por cierto, me llamo Fernanda —dice sin pensar el nombre de su ex amiga.

—Jeremías —extiende su mano el hombre y la examina detalladamente.

Lucía comprueba que Quiroz ya tomó las bolsas que Jeremías tenía apoyadas con descuido en la silla a su lado por lo que ahora sólo queda redondear con algunas palabras, buscar alguna excusa y partir antes de que el tipo se de cuenta de la situación.

—Jeremías, un placer conocerte pero mejor me voy yendo porque se me hace tarde para ir a buscar a mis nenes al colegio —Lucía sabe que mencionar hijos siempre desalienta a los cazadores furtivos.

—Pero ¿ya te vas? Sabés, te veo cara conocida.

—Imposible. Estoy segura de que nunca nos vimos —dice Lucía y comienza a levantarse.

—Pero yo te conozco. A vos te están buscando.

Lucía siente que la sangre le sube agolpada a la cabeza, que empieza a marearse, se levanta de pronto y dice:

—Disculpe señor pero me confunde con otra persona —se da media vuelta pero no llega a dar dos pasos que Jeremías la agarra desde atrás y antes de que pueda decir nada le susurra al oído:

—Escuchame chiquita, quedate bien calladita porque te meto un puntazo y no la contás. Vas a venir conmigo. Yo sé quien sos. Te están buscando por todas partes. Vos sos la princesita de la banda del Inca Ayala ¿no? sí, claro que sí —dice con seguridad.

—Voy a gritar que me estás secuestrando.

—Gritá lo que quieras pelotudita, te comés un agujero en los pulmones y además, tu cabeza tiene precio, ¿te pensás que alguien de toda esta gente te ayudaría a salir de acá?

Lucía transpira, ¿dónde mierda se metió Quiroz?

—Caminá con normalidad y no te va a pasar nada nena —le dice el tipo.

—¿Las bolsas con ropa que tenías al lado?

—¿Qué tiene?

—Te las robamos.

—¿Te pensás que no me di cuenta?

—¿No le tenés miedo?

—¿A quién?

—A mi cómplice, el que se las llevó. Es un ex policía.

El tipo se ríe.

—Yo todavía estoy en servicio. Desde que te vi dando vueltas me di cuenta de que había algo raro con vos. Te reconocí cuando te sentaste. Me importan un carajo las bolsas, ahora te tengo a vos que valés mucho más.

—¿Te paga el Inca?

—Quién me paga no es asunto tuyo. Fue una linda coincidencia que pasaras por acá. No pensaba meterme en este asunto, pero debe haber sido una señal del destino. Ahora caminá.

—¿A dónde me llevás?

—Callate la boca.

A los empujones la va llevando hasta la salida y Quiroz sigue sin aparecer.

Salen al estacionamiento. Demasiado tarde para intentar algo, acá en el playón amplio con autos separados y solitarios no tiene ninguna posibilidad de hacer nada. El sol herido en medio del firmamento tiñe el cielo de anaranjado y las luces artificiales de los faroles están a medio encender.

—Metete ahí —le dice el tipo abriendo la puerta de un Corsa celeste y la empuja adentro —no intentes nada porque te bajo.

Da la vuelta, abre el baúl, saca una soga y una cinta de papel y vuelve al asiento del conductor.

—Te cuento cómo vamos a hacer esto: te voy a atar porque no me fío de vos y te voy a tapar la boca porque no quiero escucharte. Pero si te portás bien no te va a pasar nada. Ahora vamos a ir a mi casa, te vas a sentar como buena nena mientras yo hago algunos llamados.

—¿Qué te hace pensar que mi cómplice no me va a venir a buscar?

—Que venga. Seguro que consigo más plata por entregarlos juntos.

El tipo le ata las manos y le tapa la boca con la cinta. Se sienta en el lado del conductor y arranca.

Llegan a una casa sencilla y solitaria en una esquina rodeada de viviendas achatadas y oscuras. Al final de la cuadra, cruzando un camino de asfalto poco cuidado, se alza una hilera de casas enrejadas, de mejor terminación y estilo. La del policía y el resto de las casa de la cuadra empalidecen en comparación con las demás y Lucía siente como si hubiera vuelto por un rato al Moreno donde vivió su infancia y adolescencia.

—Vamos —le dice y la saca fuera del auto con un empujón.

Entran a la casa, la luz tarda unos segundos en prenderse, como si la lámpara tuviera que calentarse primero y cuando lo hace emite una luz mortecina y deprimente que apenas alumbra el interior modesto y sin lujos. Pasan a un living con una mesa, tres sillas y una cocina integrada; hay una escalera lateral que lleva al segundo piso, un sillón destartalado con una funda floreada agujereada y una mesita donde descansa un paquete abierto de papas fritas y un cenicero rebosante de colillas de cigarrillo. Frente al sillón se alza majestuoso el único lujo visible de la casa una tele de pantalla plana.

—Sentate —le dice el tipo y la empuja arriba del sillón.

Da la vuelta y queda frente suyo.

—Tuviste mala suerte —le dice.

Lucía le devuelve fuego con los ojos.

—No podías saber quién soy y yo esto quiero que sepas, lo hago porque necesito la plata. Si las cosas fueran de otro modo te llevaría a la comisaría o quizás hasta te dejaba ir. Pero me agarraron justo en un momento especial y tengo muchas cosas que pagar.

Lucía lo escucha.

El tipo suspira.

—Tengo una ex mujer y dos hijos ¿sabés?

Ella no se va a comer el verso. Intenta no bajar la guardia.

—Perdoname, mis problemas no te importan una mierda.

Va hasta la cocina, abre la heladera y saca una cerveza, la abre y sorbe un trago.

—¿Querés? —le pregunta.

Lucía no emite sonido, se queda inmóvil.

El tipo se le vuelve a aparecer enfrente. Levanta la cerveza a la altura de su cabeza y la sacude.

—Debés tener sed.

Lucía cierra los ojos con fuerza y por fin asiente con la cabeza. Policía bueno. Policía malo. "¿Quiroz dónde mierda te metiste?"

—Así me gusta, buena chica —dice el tipo y le saca la cinta de la boca. Le pone el pico de la botella en los labios, Lucía tira la cabeza hacia atrás y él inclina la botella en ángulo para que baje directo a su boca. El líquido la sobrepasa y se atraganta. El policía baja la botella, le pasa la manga de su camisa por la comisura de los labios y la seca .

—Voy a hacer esos llamados —levanta la cinta y se la vuelve a ajustar a la boca.

Lo odia pero más odia a Quiroz en este momento.

—Lo hiciste bien —dice el tipo —vos y tu compañero. Se jugaron sus cartas y eran buenas. Pero mis cartas resultaron mejores.

Lo dice como si sintiera pena verdadera, como si realmente estuviera incómodo con lo que está haciendo.

Le ata los pies y verifica que todas las ataduras estén bien ajustadas.

Casi un sentimiento de pena es lo que Lucía percibe en la cara del tipo que chasquea la lengua y la deja sentada, sola. Lo oye caminar hasta el fondo del living y pasar una puerta.

Piensa en Quiroz y ahora no tiene dudas de que la abandonó. Está sola. "Tranquila" se dice a sí misma: "no es la primera vez."

19

Un fajo de billetes

Lucía oye el murmullo que viene del cuarto de al lado, el tipo está hablando por teléfono. Da un vistazo rápido a todo el escenario, tiene que actuar rápido si quiere salir de esta. Repasa el lugar: la tele, la mesita con los restos de cigarrillos y comida, la mesa vacía, gira la cabeza y examina con detenimiento la cocina. El cuchillo apoyado sobre la mesada sería ideal pero no tiene forma de llegar hasta ahí sin que el tipo se de cuenta.

Empieza a sentir como una gota de transpiración se le forma en la sien y se precipita molesta hacia abajo. Se mueve frenética sobre su lugar y quiere gritar pero entonces se detiene. Respira hondo, cuenta hasta cinco, no tiene tiempo para contar hasta diez, y se serena. Sacude la cabeza, abre los ojos y se encandila con un haz de luz reflejado. Fija la atención en el punto desde el que vino el reflejo y la ve: al lado de la escalera que lleva al piso de arriba hay un par de piedras, un adoquín grande, una piedra redondeada y chata y una más con ángulos irregulares. Sabe que hay gente que tiene piedras en su casa. Las cuidan, las lavan como si fueran mascotas o muebles porque creen que armonizan los espacios, condensan buena energía y absorben las malas vibraciones. En su barrio había mucha gente con piedras en su living.

Tiene que moverse con mucho cuidado y delicadeza, sin hacer ruido. Intenta ponerse de pie de un pequeño salto pero no puede mantener el equilibrio y vuelve a caer sentada en el sillón. El tipo sigue hablando, lo escucha, en un principio su tono era cortante y sus palabras breves y concisas, ahora imposta voz aguda y dulce, debe estar hablando con su hija piensa Lucía.

Intenta otro método. Dobla el cuerpo a la mitad y empieza a caer hacia adelante, gira el cuerpo para impactar con el hombro y siente el choque con el piso en la clavícula. La alfombra marrón gastada amortigua el impacto que igual se siente como un sacudón por todo su cuerpo. Le queda poco tiempo. Se arrastra como un gusano, como puede. La alfombra está mugrosa; huele a alcohol, a vómito y a otras porquerías que no quiere ni imaginar. Se arrastra sin pensar en nada más. El espacio del living no es muy amplio y queda frente a las piedras al lado de la escalera. Gira el cuerpo hasta quedar boca arriba. Apoya la espalda contra la baranda de la escalera y tantea con las manos hasta encontrar las tres piedras. Con la punta de los dedos comprueba el ángulo más filoso de una de ellas y empieza a frotar la cuerda a toda velocidad. En menos de un minutos se libera de manos, solo le faltan los pies. Escucha como el tipo se despide por teléfono. Paredes de cartón. Si no hubiera estado tan concentrado en hablar con su ex mujer y sus hijos, no tiene dudas de que la hubiera escuchado arrastrarse por el living.

Termina de desatarse los pies cuando el tipo corta la comunicación.

El policía sale del cuarto de servicio, va directo hasta la mesa donde dejó la botella de cerveza a medio terminar y toma un trago largo. Entonces se da cuenta de que Lucía no está donde la dejó.

Putea para sí mismo, vuelve a entrar al cuarto y sale con su 9 mm en la mano.

—Nena, pensé que podía confiar en vos —dice y se acerca hasta el sillón —no queremos hacer esto de mal modo ¿no?

No hay respuesta.

—Espero que no te hayas ido, no me gustaría tener que buscarte por el barrio. Si te vas y tengo que salir a buscarte no me vas a dejar más opción que pegarte un tiro en una pierna. Sería una pena, tan linda, tan joven y renga.

Con la pistola todavía en la mano y bien en alto, se agacha y toca la alfombra, la roza con la yema de los dedos y siente como la tela quedó aplanada en dirección a sus piedras.

—Mirá que tonto que fui. Que confiado. Hablando con mis hijos, te iba a dar un poco de tiempo, iba a hablar con vos, quizás hasta no te entregaba, quizás lo resolvíamos de otra manera. Lo podíamos resolver en mi cuarto y me olvidaba de todo el asunto. Sos una hermosa mujer Lucía. Pero la tenías que joder.

Se vuelve a poner de pie y ahora tiene una sonrisa de triunfo, macabra, dibujada en toda la cara.

—¿Querés jugar a las escondidas? Dale. Pero si te encuentro, te llevo al cuarto, y después te meto un tiro en la rodilla, por nena mala.

Gira el cuerpo en dirección al televisor y casi al instante da un salto en dirección a las escaleras:

—¡Acá estás! —grita.

Lucía, desde el piso de arriba, deja caer la piedra más grande sobre la cabeza del tipo que le pega de lleno en la cara, cae de rodillas y luego se va para atrás arrojando la pistola unos metros hasta que choca con el sillón y queda a sus pies.

Lucía baja las escaleras corriendo y coloca los dedos índices y medio de su mano derecha en el cuello del policía. Tiene pulso. Respira aliviada. Le corre la cabeza y en el lugar donde impactó la piedra hay una pequeña rasgadura de sangre pero nada más.

¿Ahora qué? se pregunta. Lo primero es lo primero, toma la pistola, comprueba que esté cargada y se la guarda en la cintura. Recoge los restos de soga que había escondido detrás de la baranda de la escalera y lo ata de pies y manos, le pone la venda que ella llevó en la boca. Lo toma por las axilas e intenta arrastrarlo hasta el sillón pero está demasiado pesado. Vuelve a dejarlo en el piso. Se seca la transpiración. La cerveza. Toma lo que queda, abre la heladera y encuentra un poco de queso que se come como si hicieran días desde la última vez que probó bocado. Tiene que irse. No quiere estar ahí cuando ese hijo de puta se despierte. A pesar de todo siente algo de pena por el tipo.

Se toma diez minutos para revisar el resto de la casa. No hay mucho más para ver. El segundo piso tiene un cuarto, un baño y un placard. Sacude todo lo que encuentra y al fondo del placard, una caja de zapatos manchada la hace sonreír. La abre.

Fotos ¿quién saca fotos de papel todavía? Hay fotos viejas. Supone que el niño rubio que domina esos recuerdos es el tipo inconsciente en el piso de abajo y luego llegan otras más actuales, una mujer hermosa, el policía con unos años menos y una beba recién nacida. Sigue pasando las fotos, aparece una escena similar pero con un bebé y la nena ya crecida y luego hay muchas fotos del policía solo con los dos nenes. Vacía el contenido de la caja y ve caer un delgado fajo violeta atado con una bandita elástica. Era lo que estaba buscando. Cuenta los billetes: hay doce. Diez Roca y dos Sarmiento. Mil cien pesos.

Baja las escaleras, le da un vistazo al tipo. Lo escucha roncar. Sale a la calle, da dos pasos y siente que alguien la agarra del brazo, la hace dar vuelta y antes de terminar de girar ya tiene la pistola en la mano.

—Tranquila, soy yo —dice Quiroz.

—¡Ahora se te ocurre aparecer!

—Shhhh, calmate que nos van a escuchar los vecinos y no queremos eso.

—¿Que me calme? ¡ese tipo me estaba por entregar!

Quiroz le tapa la boca y la acerca hasta su pecho.

—No fue fácil seguirles el rastro. Lo importante es que ya estamos juntos.

Le saca la mano de la boca. Lucía le dedica una mirada llena de odio.

—Si estoy acá no es gracias a vos.

—Ahora sí, esa es la Lucía que conoczco ¿el tipo? ¿qué hiciste con él?

—Lo dejé ahí adentro. Está atado y durmiendo.

—Esperame acá. Ya vengo —dice Quiroz y la deja parada, se mete corriendo en la casa.

Lucía se cruza de brazos y piensa en irse y dejar a Quiroz de una buena vez. Ya no le debe nada y él a ella tampoco.

Un estruendo sordo que sale de la casa del policía sacude el atardecer.

Lo reconoce sin lugar a dudas. Fue el sonido de un disparo.

Interludio

La Virgen de Cajamarca

Walter Ayala está intranquilo, las cosas a él nunca se le salen de control y esta noche pareciera como si todo lo que construyó se estuviera viniendo abajo ante sus ojos. "Ese conchesumadre de Mario" piensa "esto me pasa por confiar en policías." Se inclina sobre la mesa de su escritorio, aparta la carpeta de tres solapas de cartón abierta con fotos y papeles desparramados con toda la información que tiene sobre Quiroz, hace un montículo de cocaína, arma una raya y la peina con un billete envuelto en forma de canuto.

En la pared, arriba del pequeño altar a la Virgen patrona de Cajamarca, cuelgan dos retratos de rostros serios y melancólicos: el primero es el inca Atauhualpa, con su corona primitiva de plumas, un collar y unos aros de oro redondeados y enormes que le tapan las orejas. El otro es un hombre vestido con ropas modernas oscuras y la misma composición osea, la misma piel oscura que es tambíen el tono de piel de Wally, pero este es Túpac Amaru II.

Walter Ayala está furioso pero mantiene la serenidad, aunque ahora que empieza a sentir la droga corriendo por su sangre siente una oleada de adrenalina que lo sacude y lo centra en su objetivo. Su sangre fría es lo que lo hizo salir siempre de las situaciones en las que estaba marcado para morir y agradece en silencio a la imagen en yeso de la virgencita que siempre lo cuidó.

Contempla su dedo meñique y siente una réplica de dolor de ese día en que su madre se lo rompió a conciencia con una pinza como castigo por haber escapado de su casa donde ella se prostituía por monedas. Ese dolor nunca termina de irse y siempre vuelve cuando algo lo perturba, cuando las cosas no salen como deberían salir y de ahí el dolor físico se traslada a su cabeza, es una punzada en el costado, algo que nunca pudo definir, una sensación molesta.

Lo peor de esta noche es que sabe que todo se le fue de las manos porque tuvo una debilidad a último momento. No pudo matar a Lucía. Tan parecida a Natalí y tan distinta a ella, su único y verdadero amor, asesinada por el Samurai. La tenía a sus pies y pensó que ya estaba muerta pero entonces vio que su pecho todavía se movía y decidió que el hombre para terminar la tarea era Quiroz. Sabía de su pasado, conocía sus antecedentes como un carnicero sin corazón, pero se había equivocado. Eso había sido antes. Ahora estaba viejo y sentimental.

Para complicar las cosas, luego de meses de una tregua tensa, el Loco Bautista había intentado atacarlo en su territorio.

Debería haberle pegado un tiro en la nuca, ese brócoli que la pegaba de macho. Había tenido la oportunidad pero algo lo había frenado a hacerlo. Los diez años de convivencia le habían despertado cierto cariño por quien nunca debió haber sido más que un socio de negocios impuesto por el jefe desde Perú. Cuando juntos habían limpiado la villa a sangre y fuego, ganado el poder que habían repartido entre los dos, supo que también se tenía que encargar del Loco porque tarde o temprano le traería problemas. Y acá estaban. Había llegado finalmente el día.

Muy en el fondo de su conciencia Walter sabía que su debilidad le costaba caro. Había sido débil en matar a Franklin y ahora había sido débil para matar a Lucía. Por esos descuidos esa noche se había convertido en una pesadilla.

Peina otra raya de cocaína.

Tocan a su puerta y se anuncia Edgar Flores. Le dice que pasa. El hombre que entra a la habitación apenas puede atravesar el marco de la puerta.

Walter se acerca al único de los hermanos Flores que sigue de pie, lo abraza y mientras le palmea la espalda le da sus respetos. Edgar no se inmuta, como si haber perdido a su hermano no lo hubiera afectado en nada pero Walter sabe que detrás de esa frialdad inhumana el hombre está deshecho. En principio lo demuestra transpirando aún más que lo normal, lo que ya es mucho. Tiene la cara, la espalda, el pecho, empapados de transpiración y cualquiera que no lo hubiera conocido tanto como lo conoce Wally hubiera creído que había estado llorando a raudales por la forma en que resbala su cara. Pero no, Edgar no había derramado ni una sola lágrima ni había devuelto el abrazo que le daba su jefe.

—Realmente lo siento Edgar, ese malparido de Quiroz va a pagar con su sangre lo que le hizo a William.

Edgar se separa de Walter, busca la silla y se sienta sin decir palabra. El Inca vuelve al lado de su escritorio, se sienta en su sillón ejecutivo, busca entre los papeles que atestan la mesa y encuentra la bolsita de cocaína de la que estuvo aspirando toda la noche. Toma el cuchillo que había clavado en la mesa, mete la punta en la bolsa y saca un poco del polvo mágico que le acerca a su invitado.

—Tomá, te hará bien.

Edgar le hace caso, acerca la nariz y tapándose el orificio nasal opuesto aspira con fuerza, siente como el producto se le cuela directo al cerebro y sacude la cabeza.

—Gracias.

—Por nada mi causa. Entonces, ¿algún detalle más que me puedas contar de lo que pasó esta noche?

—No hay nada que agregar a lo que ya te dije.

Esa enorme masa humana parece mucho más tranquila que él mismo. Quiere reír, quiere hacer una broma de esas que tanto hacían reír a William.

Walter ríe cada vez que siente el cosquilleo en los nudillos a la hora de matar. Hasta su dedo meñique que había quedado todo mocho se sacude cada vez que siente el aroma del terror que precede a la muerte.

Le había pasado por primera vez cuando se había tenido que cargar a su madre. Ese olor de los cuerpos sudorosos y sucios en pleno goce sexual hasta que él había terminado con la fiesta a tiros. Desde entonces sabía cuando estaba a punto de matar porque sentía su cerebro invadido por ese aroma dulzón y también un poco agrio.

—Milton, el huevón, estaba destrozado.

Ayala levanta las cejas.

—Nadie merece que lo maten así.

—Olvidate de Milton. Lo que importa es lo que le hizo a tu hermano y por eso va a pagar. Y Lucía también.

—Los muchachos dicen que lo vieron esta noche en el bar de Rocky.

—Ajá – asiente distraído Walter mientras piensa en darse un tirito más de coca.

—Estuvo conversando con una de las putas que paran por ahí.

Eso a Walter no le interesa.

—Según los muchachos ni siquiera se la cogió esta noche. Son amigos. Lo han visto varias veces con ella.

—Amigo de putas. Vaya novedad —dice Ayala reflexivo.

Entonces tiene una idea. Empieza a sonreír y pronto estalla en una carcajada. Siente de nuevo esa electricidad que le recorre el cuerpo, el olor agridulce de la muerte se instala en su cerebro y le baja hasta las fosas nasales, siente el cosquilleo en su dedo meñique, se siente vivo de nuevo, como si hubiera aspirado la mejor cocaína que hubiera probado en su vida.

Edgar Flores lo mira impasible.

—Causa —dice Ayala —espero que estés bien despierto porque esta noche recién está por comenzar.

20

El otro cuerpo

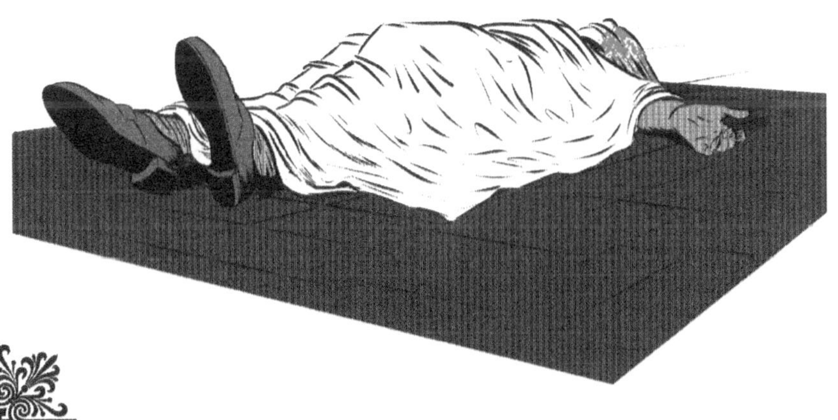

¿Qué estará pensando Lucía? ¿dónde está? Levanto la cabeza por encima del hombro y no la veo, barro el patio de comidas con la vista hasta que la encuentro, justo atrás de mí.

Ecucho su voz haciéndose la simpática con el hombre y no lo pienso ni un segundo, estiro la mano para atrás y tiro de las bolsas, me las llevo. El encanto de Lucía hace el resto, el tipo no se da cuenta de nada. Me levanto de la mesa, llevo las bolsas contra el pecho y me meto en el baño de hombres. Un empleado de limpieza pasa el trapo y otro tipo silba mientras mea en el mingitorio como si estuviera solo. Me meto en uno de los cubículos y abro las bolsas. Un vaquero azul y una chaqueta de cuerina marrón tipo aviador. Perfecto para dejar atrás el saco agujereado y manchado de sangre.

El pantalón me calza perfecto. Dejo el saco encima de la tapa del inodoro, abro la camisa, levanto la gaza enrojecida de mi hombro y compruebo que la herida está tranquila donde la dejó el médico, las costuras siguen bien amarradas y no hubo nuevas pérdidas de sangre. Me acuerdo de la que tengo también en la mejilla, la que me hizo la bala que me disparó Lucía.

Termino de cambiarme, reviso los bolsillos, saco la billetera y tiro el traje en el cesto de basura.

Salgo del baño. A esta hora Lucía ya habrá terminado con el tipo. La cuestión es no pasar por el patio de comidas de nuevo por si todavía anda por ahí buscando al que le robó. Salgo y doy una vuelta larga hasta llegar al estacionamiento, pero Lucía no está. Chequeo la hora en mi reloj de pulsera. Ya debería estar acá. Me inquieto. Quizás se retrasó. Me apoyo en el capó del coche y miro a la ruta. Veo pasar un Corsa celeste zumbando por el camino. Me basta un segundo para verla: es ella, Lucía. Está en el asiento del acompañante. ¿Me abandonó? ¿me está dejando? me subo al auto, prendo el motor y salgo disparando. Es tarde, el Corsa celeste me sacó mucha ventaja. Piso el acelerador, paso a cuarta y le meto todo lo que da hasta que los vuelvo a tener en mi campo de visión. Están a unos cien metros de distancia y se mueven con velocidad. El Corsa esquiva autos y se mete en todos los recovecos que encuentra. Por más que lo intente no los voy a poder alcanzar sin levantar sospechas y ese es un riesgo que no puedo asumir. Me adelanto todo lo que puedo hasta llegar a leer la patente, la anoto mentalmente y me tiro por un camino lateral hasta una cuadra tranquila en un conglomerado de casas modestas.

Es hora de hacer un llamado.

Me bajo del auto y toco timbre en la primera puerta que encuentro. No contesta nadie. Intento de nuevo pero lo único que sale de adentro de la casa son los ladridos de un perro. Camino hasta la siguiente puerta, compruebo que no hay timbre que tocar e intento aplaudiendo. Al rato asoma una mujer por la ventana.

—Señora, disculpe, soy el Comisario Germán González de la Policía de la Provincia. Estoy en una emergencia y necesito hacer una llamada telefónica, si usted me puede prestar su teléfono.

La mujer me mira desconfiada.

—¿Acaso no tienen teléfono o radio ustedes?

—Salí de casa para hacer unas compras y me encontré con un robo en plena ejecución. Necesito dar el alerta.

—No le veo cara conocida oficial, usted disculpe. Aquí nos conocemos todos.

Aprieto los dientes y después aflojo, pongo mi mejor cara:

—Vine a hacer unas compras al Centro Comercial pero trabajo en la otra seccional, a veinte kilómetros. Por eso es que necesito su teléfono. Le aseguro que es una emergencia.

—Está bien —concede la mujer y desaparece adentro de su casa.

Espero. El sol está cayendo en el horizonte que tiene unas nubes recortadas sobre fondo rojizo. Miro la hora. Hace veinticuatro horas exactas entraba en el bar de mala muerte donde tocaba la bandita de Charly Brun y empezaba a seguir a Lucía.

La puerta se abre y aparece la mujer que lleva un camisón floreado, un palo de escoba en una mano y un teléfono celular en la otra mano.

—Tome oficial, tiene poco crédito pero el número de la Policía es gratuito…

—Sí, sí, ya sé.

Marco de memoria el número.

—Diga.

—Almirón.

—¿Quién habla?

—Soy yo, pelotudo.

—¡Comisario Quiroz! —su voz es de sorpresa pero no sé qué tipo de sorpresa le estoy causando —tanto tiempo, ¿qué se cuenta?

—Escuchame Almirón, estoy muy apurado y necesito un favor grande. Urgente. Es cuestión de vida o muerte.

—Usted dirá.

—Necesito información de una patente que te voy a pasar, repito, es urgente.

—No hay problema, estoy con el equipo encendido.

Le paso el número de matrícula del Corsa celeste. Escucho como Almirón teclea del otro lado. La espera es tensa y tengo los ojos de la vieja clavados encima. Le sonrío. Tapo el micrófono y le digo:

—Ya estoy terminando, un segundito más señora.

Refunfuña fastidiada.

—Dígame su nombre, me encargaré personalmente de que la recompensen por su ayuda invaluable en la lucha contra el delito.

—Me llamo Olga Perez. No es que esté esperando algo a cambio, haber ayudado a tener un barrio más tranquilo y seguro ya es suficiente recompensa.

—Comisario, ¿sigue ahí?

—¿Qué encontraste?

—El vehículo es un Corsa del 2000 registrado a nombre de un tal Jeremías Beraldi.

—¿Dirección? ¿teléfono?

—Tenemos todo. ¿Usted sabe que es un pata negra, cierto?

Enmudezco.

—¿Está ahí jefe?

—¿Podrías repetir lo que me acaba de decir?

—Sargento Jeremías Beraldi. Entró a la fuerza en 1999. Algunas manchas en su foja de servicio. Un tipo mediocre que por no saber jugarla bien se comió un par de garrones. Nunca va a llegar a nada. Con suerte se jubile como Teniente.

Almirón me pasa la dirección, teléfono y le agradezco, le prometo un whisky algún día y le devuelvo el teléfono a la vieja.

Corro al Renault, lo pongo en marcha y me pierdo en el laberinto de calles vacías.

Por fin la encuentro, el número 650 de la calle Arroyo Largo. Es la dirección que me pasó Almirón.

Chequeo mi Browning, compruebo las balas que me quedan y salgo del auto con la pistola en la mano, apuntando hacia abajo, oculta por la oscuridad que va cayendo. La puerta de la casa se abre y sale una sombra que no me ve. Yo sólo puedo distinguir su espalda, levanto la pistola, y estoy por disparar pero entonces la distingo. Me adelanto, le poso la mano en el hombro y se sacude con un escalofrío.

—Tranquila, soy yo —le digo.

—¡Ahora se te ocurre aparecer!

Tiene la cara desfigurada, alterada. La tranquilizo. Me dice que el tipo está adentro todavía y vivo. Entonces le digo que me espere y me meto en la casa de Beraldi. Lucía dijo la verdad, está ahí en el medio de la sala, atado e inconsciente. Levanto la funda del sillón, la despliego frente de mí como si fuera un torero llamando a la bestia y apunto a la cabeza del tipo. Disparo. La sangre explota sobre la funda. La tiendo con delicadeza sobre el cadáver y salgo a la noche.

Lucía está inmóvil, rígida, en el mismo lugar que la dejé. La agarro de la mano y le doy un tirón.

—Nos vamos.

—¿A dónde? —dice con voz temblorosa.

—A cenar.

La llevo al auto, nos metemos y arranco.

Hacemos unas diez cuadras en silencio hasta que encuentro la salida a la autopista.

—¿Qué pasó ahí adentro?

—Lo que tenía que suceder.

Andamos en silencio unos minutos más.

—¿Dónde te gustaría comer?

Traga saliva.

Se pone a llorar.
—Tranquilizate.
Solloza.
—¿Por qué? —susurra con voz quebrada.
—Porque era necesario —respondo.

21

Bife de chorizo jugoso

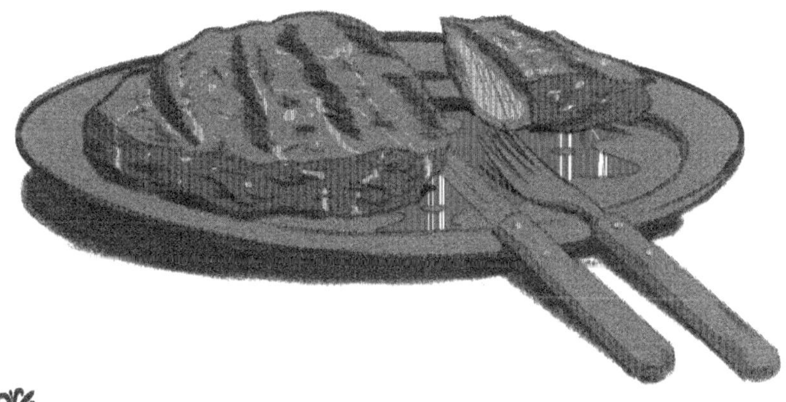

Este lugar no está mal aunque la carne no sea de primera. Pero en comparación con el sándwich raquítico que comimos por última vez en el hotel, es un manjar. Hay un televisor de tubo gastado que destella una luz lavada de colores estridentes con una especie de protector de pantalla hecho de grasa impregnada y polvo, clavado en un programa de actualidad a un volumen molesto.

El vino de la casa es aceptable.

Lucía no parece tan entusiasmada como yo. Apenas tocó su plato y corre un trozo de carne ya cortada con el tenedor como si la estuviera inspeccionando.

—Se te va a enfriar el bife.

Se lleva con desgano la carne a la boca.

Mastico un pedazo de bife de chorizo jugoso. Alrededor hay unas pocas mesas ocupadas. Es un pequeño restaurante de ruta con una lona de plástico por puerta, techo alto y luz blanca fosforescente.

—Tenés que comer, necesitás recuperar energía.

—¿Por qué lo mataste?

Me doy dos golpecitos con la punta de la servilleta en la boca, la vuelvo a acomodar entre los muslos, y sin mirarla, mientras corto un pedazo más de carne le digo:

—Porque era lo que había que hacer ¿me pasarías la sal?

Tira su servilleta arriba de la mesa con un movimiento brusco y se levanta.

—Tenía dos hijos.

Me estiro por encima de la mesa, la tomo de la muñeca con fuerza y le señalo la silla.

—Sentate y cortala con esto de hacer escándalos.

Me odia pero sabe que tengo razón y se sienta de mala gana.

—No hacía falta matarlo.

—Pero la concha de tu madre, qué síndrome de Estocolmo que resultaste ser, ¡eh! —digo perdiendo la paciencia.

—Con vos, seguro.

—¡Te iba a entregar! ¡pelotuda!

—Vos me entregaste y acá estamos.

Pincha un pedazo de bife y se lo lleva a la boca.

—Lucía —digo cansado —pensé que sabías una cosa o dos del mundo.

Agarro un escarbadientes y me limpio un pedazo de carne que quedó atorado entre los dientes.

—Hay tres tipos de personas que hacen el mal en este mundo; están los que lo hacen por plata, los que lo hacen para sobrevivir y los que lo hacen por placer. Estos últimos son los más peligrosos porque no tienen límites.

—Walter —murmura Lucía.

—El Inca es la combinación más peligrosa porque hace el mal por plata, porque lo disfruta y en cierta medida para sobrevivir.

—¿Y vos?

Reflexiono pero la duda se me disipa enseguida.

—Yo también.

—Entonces no hay solo tres tipos de personas, hay cuatro. Están los que hacen el mal por plata, los que lo hacen por placer, los que lo hacen para sobrevivir y los que lo hacen por una combinación de los tres. Como Walter o como vos.

—Podría decirse.

—¿Y lo que hiciste conmigo?

—No sentí placer en llevarte con Walter.

—Eso no, lo otro.

—¿Sacarte de la zanja? Eso lo hice porque era lo correcto.

—Entonces, al policía que me iba a entregar lo mataste ¿por qué motivo?

—Ay Lucía —digo fastidiado —¿no entendiste todavía?

—No.

—Tenés demasiados valores para ser una simple ratera.

Su cara enrojece de furia.

—Quedate quieta —le digo y le hago un gesto con la mano.

—Cometiste un error conmigo anoche. Cuando me disparaste y me hiciste esto —digo y me paso el índice por la cicatriz que me dejó el roce de la bala en la mejilla —y me viste caer, debiste asegurarte de que estuviera muerto. Pero no lo hiciste, entonces volví por vos, te agarré y te llevé con Walter.

—Quizás fue porque yo no siento placer ni recibo plata por hacer el mal.

—Deberías haberlo hecho para sobrevivir.

—No pude.

—Ahí perdiste.

—Y más tarde pensé que si te salvaba la vida en el auto con los hombres del Loco Baustista me ibas a perdonar la vida.

—No, pensaste que el que te iba a perdonar era Wally. Además, si no me hubieras salvado te hubieran agarrado los hombres del Loco que por algún motivo creo que tampoco te tiene mucha estima.

Corta un pedazo de carne. De fondo el sonido del televisor con su aburrida monotonía y desde la parrilla llega el crujido de la carne asándose.

—En definitiva —le digo —tuviste dos oportunidades de matarme y no lo hiciste y por eso ibas a pagar con tu vida.

Saca un cigarrillo, lo enciende, se lo lleva a la boca y larga una bocanada de humo al costado.

—Pero al final no me mataste, me salvaste. Supongo que no haberte liquidado en esos momentos en que pude hacerlo fueron lo que hizo que no me dejaras en manos de ese inmundo de Milton.

—Te das mucho crédito. Quizás te salvé porque me daba asco ese hijo de puta.

—Entonces lo mataste por placer.

—Lo que importa es que uno, en estas situaciones, no puede dejar las cosas sin terminar. Es como un bife crudo. Después vuelven a buscarte. Si vas a matar a alguien, asegurarte de que quede muerto. Si vas a cocinar un bife, asegurate que la carne quede cocida.

Dejo los cubiertos sobre la mesa y levanto la mano derecha, hago el signo de una pistola y la apoyo con suavidad en su frente.

—Me disparaste y me viste caer. Bien. Después tendrías que haberte acercado a mi cuerpo en el piso y meterme un tiro en la frente, sólo para garantizarte que estuviera bien muerto. Mejor dos, sí, dos tiros. Un tiro también puede fallar.

Muevo el dedo índice dos veces, arriba y abajo.

—Bang, bang…

—Y por eso tuviste que matar al policía.

Vuelvo a tomar los cubiertos, corto un pedazo de carne, acompaño con ensalada y mastico.

—Sí. Por eso tuve que matar al policía. Porque sabía quién eras, quién soy yo y apenas se despertara iba a ser alguien más de quién tendríamos que cuidarnos las espaldas. Y te aseguro que ya hay suficiente gente que nos quiere ver muertos, no necesitamos seguir sumando.

—¿Entonces por qué no vamos y le metemos un tiro en la cabeza al Inca?

—Lo haría con gusto pero resulta que tiene un ejército que lo rodea y no está muy fácil que nos acerquemos lo suficiente como para que podamos terminar de una buena vez con él.

Lucía pierde la mirada en algún punto lejano, como si no estuviera acá.

—Quizás haya una manera.

—Olvidate —digo con firmeza.

—Escuchame al menos.

—Estoy escuchando pero desde ya te lo digo: no. Ni lo sueñes. Nos vamos a ir, vamos a desaparecer y nunca más nos va a encontrar.

—¿Podrías vivir con el miedo de que un día nos encuentre?

Me paso la servilleta por la comisura de los labios, tomo un sorbo de vino.

—Lucía, te aseguro que a donde vamos a ir Wally no se va a meter. Tarde o temprano se va a olvidar de nosotros. O lo van a matar antes. En este negocio nadie dura mucho tiempo.

—Justamente —dice Lucía con los ojos brillantes, llenos de repentina vida, como si hubiera encontrado una idea brillante que pudiera superar la mía —el Loco Bautista es la clave.

—¿Qué querés decir?

—¿No sabés por qué se pelearon?

Miro la hora en mi reloj de pulsera.

—Ya deberíamos empezar a ir. Lo mejor será que pasemos por mi oficina, agarremos documentos, plata y desaparezcamos. Antes del amanecer ya tenemos que estar en la ruta.

—El Loco Bautista —dice Lucía ignorando lo que le digo mientras enciende otro cigarrillo —él también era un hombre de Don António.

—Negocio ramificado.

—La coca se cultiva en Perú y la procesan, hacen pasta base. Luego la meten en Argentina. Acá la terminan de cocinar y también la venden. En menor medida, pero la distribuyen en el territorio. La guita grande está en Europa.

—No entiendo cómo esto puede ayudarnos a liquidar a Walter.

—A Wally lo mandó Don António que también mandó a Bautista. Los dos tenían que establecer la red local. Durante unos años todo fue muy bien. El negocio fluía, la guita y la merca venía tranquila de Perú y Walter y Bautista estaban cómodos en su reinado de a dos.

—Hasta que…

—Siempre hay un hasta qué —dice Lucía y aprieta la colilla del cigarrillo contra el mantel de plástico —te lo podés imaginar. Los socios se pelearon.

—¿Qué pasó?

—Varias cosas. Las amistades no duran para siempre. El Loco y Walter siempre fueron muy distintos. Algo se rompió cuando Walter decidió salir de la villa y poner el restaurante. El Loco hizo la suya también. Empezó a invertir en el juego clandestino —Lucía pierde la mirada como si estuviera buscando un recuerdo de su propio pasado —era cuestión de tiempo hasta que los recelos entre los dos estallaran. Y finalmente sucedió. Por un boxeador que el Loco auspiciaba y que Walter mandó a matar.

—Una bonita amistad que llegó a su fin.

—Siempre. En algún momento el Inca se cegó por el poder.

—¿Estás nerviosa?

—Yo tenía un novio. Santiago. Era boxeador. El hijo de puta me abandonó y me partió el corazón.

—La trágica historia de un amor adolescente.

—Fue mucho más que un simple amor adolescente, infeliz.

Corre la cara.

—No te ofendas.

—Él me salvó. Y después me hundió. Se fue con una amiga. Estuve varios meses deprimida. No podía levantarme de la cama si no me aspiraba una línea. Así llegué a Walter.

Enciende otro cigarrillo.

La historia de cómo llegó a los brazos de Walter ya la conozco pero no le digo nada. Tampoco tiene que saber que el que mató al Chino, el transa que se la presentó al Inca, fui yo.

—Sabés que tenés que parar de fumar un poco.

—Gracias por el consejo papi. Pero es bastante probable que estemos muertos para mañana de todos modos ¿no?

—No sé por qué me preocupo tanto.

Lucía exhala el humo.

—No lo hagas entonces.

—¿En qué estabas?

—Walter mandó a matar a Santiago por mí. ¿Te das cuenta? —chupa el cigarrillo —una vida cuesta tan solo las palabras de una despechada —exhala una voluta de humo en forma de anillo.

—Una hermoso y trágico cuento, pero ¿qué tiene que ver todo esto con el Loco Bautista?

—¡Me extraña oficial! ¿estás lento por el vino y la carne roja o venís perdiendo el olfato? El Loco había invertido toneladas de guita en Santiago. Era su gran promesa y Wally fue y lo hizo matar por mí.

—Lo que cuesta el amor… —digo distraído.

—Un hermano y un imperio latinoamericano de cocaína le costó el amor a Walter Ayala oficial. Ni más ni menos.

—Él traicionó a su socio por vos y vos lo traicionaste a él. Ahora entiendo mejor por qué tiene tantas ganas de hacerte sufrir antes de matarte —digo y tiro unos billetes de cien arriba de la mesa para pagar la cena.

22

El largo adiós

Tengo un mal presentimiento.

Lucía mira en silencio por la ventana del auto que va dejando atrás el asfalto.

—Estás muy silenciosa.

—¿Hay que hablar todo el tiempo?

—No.

—Estaba viendo estos edificios. Pensaba en esas vidas; miles de personas que están ahí adentro, en esas ventanas iluminadas en cada departamento en cada construcción que pasamos y pensaba que seguramente tendrán sus problemas, sus dificultades, sus preocupaciones diarias.

—Como todos.

—Claro, como todos. Menos nosotros.

—Nosotros tenemos nuestros problemas.

—Que están lejos de ser los problemas de esa gente.

—Sí y no. Algunos tienen deudas que no pueden pagar; otros lloran pérdidas que sienten demasiado; estadísticamente tiene que haber alguien que haya robado o matado o que esté metido en un problema casi tan grande como el nuestro.

El camino está casi despejado y avanzamos con suavidad.

Entramos en la ciudad. Tomo todas las calles laterales y menos transitadas aunque a esta hora en todas partes está lleno de autos.

Estaciono en el borde de la vereda a una cuadra de la oficina y le digo a Lucía que se baje.

—No me acuerdo cuándo fue la última vez que estuve acá.

—¿Por?

—Cosas del pasado que no quiero revivir.

Le digo a Lucía que vamos a hacer un pequeño desvío hasta la farmacia a media cuadra que hace guardias nocturnas.

Compro antiinflamatorios, desinfectante, gasas, cinta para curar la herida y agua oxigenada.

—Tomá —le digo a Lucía alcanzándole la botella.

—¿Y yo para qué quiero esto?

—Para decolorarte el pelo.

La mueca en su cara me dice que no le gusta la idea, pero sabe que después de lo que pasó esta tarde no es algo que vayamos a discutir.

Subimos a la oficina. Está intacta desde ese día. Todo como lo dejé esa tarde; con polvo flotando en el aire. Allá esperan, arriba del escritorio, las cuentas sin pagar.

Diez meses después de la partida de Mercedes lo conocí a Walter Ayala. Alguien pensó que si conseguía ese trabajo podía volver a vivir. Ese trabajo que me mantuvo con vida hasta este momento ahora amenaza con quitármela. Nunca mencioné este lugar con él ni con nadie y no tendría que saber que existe, pero igual me siento inquieto.

—Ponete cómoda —le digo a Lucía —voy a buscar algo para tomar.

Se desploma en la silla giratoria de cuero vencido, atrás del escritorio mientras yo paso a la cocina y reviso la alacena que está casi vacía. Al final, en un rincón encuentro una botella de *Old Smuggler* a medio terminar. Tendremos que conformarnos.

Preparo los vasos y vuelvo con Lucía, los apoyo en la mesa.

—¿Acá es donde te escondés a llorar?

—A eso y mucho más.

—A veces no sé si sos un genio o un pelotudo Quiroz.

—Yo me pregunto lo mismo.

Tomamos el whisky en silencio.

—Se nota que hace mucho tiempo que no estás por acá —dice y pasa un dedo por encima del escritorio haciendo un camino entre el polvillo.

—Sí.

—Es eso o ninguna mujer vino a darte una mano con la limpieza.

—Que antigua. Pensé que las mujeres ahora venían ya liberadas.

—Acá me tenés, esclava de un amor equivocado. Yo a vos tampoco te veo con un plumero en la mano.

—Te sorprenderías si me vieras en mi vida cotidiana.

—Deberías ver las cuentas al menos. Si no querés que te corten los servicios.

—Sí, tenés razón.

Levanto el abrecartas de marfil. Corto el sobre y saco las cuentas que desparramo sobre el escritorio. Algunas están vencidas pero no sé cuáles porque tengo casi todos los servicios con débito automático.

—Creo que acá el antiguo sos vos, no yo.

—¿Por qué lo decís?

—Abrir cartas con una de esas cosas —dice señalando la cuchilla.

—Prefiero considerarme tradicional. Esto que ves acá —le digo sosteniendo el abrecartas ante sus ojos —es marfil de elefante africano. Recuerdo de otras épocas.

—¿Estuviste allá?

—Mi padre. Otro día te cuento.

—Me gusta ese optimismo.

—Algo me dice que lamentablemente voy a tener que soportarte todavía bastante tiempo más.

—Disfrutás cada instante conmigo.

—No te das una idea.

Se termina el whisky y le digo que mejor se va a decolorar el pelo mientras yo me encargo de buscar todo lo que vamos a necesitar para nuestro viaje.

—Después vamos a dormir unas horas. Acá en el sillón podés ir vos y yo me haré un lugar en el piso.

—Nunca pensé que iba a decir esto, pero creo que prefería estar en el hotel alojamiento con vos.

—Sí, yo tampoco nunca creí que iba a traerte a esta oficina.

—¿Y qué hacés acá? ¿pasás a tomar whisky barato y reflexionar sobre la vida? ¿jugar al detective privado de películas?

—Para eso me faltaría la gabardina Burberry y el sombrero.

—Y alguien que quiera pagarte.

—No te preocupes que de eso siempre hay. Siempre existe algún desgraciado con los nudillos demasiado valiosos para gastarlos en la cara de algún infeliz que le debe plata o algún otro hijo de puta que prefiere pagar para que tipos como yo persigamos a sus mujeres o maridos. Te sorprendería la cantidad de gente que desconfía de sus parejas y paga mucho dinero para confirmar sus sospechas. Pero no creas en la leyenda, nunca vino una rubia fatal a ofrecerme dinero por investigar algún caso estúpido.

—Nunca hubiera creído esa leyenda.

—Una lástima. No conocés la miseria humana hasta que terminás sacándole plata a un pobre tipo para entregarle una carpeta con fotos de su mujer cogiendo con su profesor de pilates.

—Eso lo sabés hacer muy bien.

—Sí.

—¿Qué más hacías? ¿recuperabas gatitos perdidos?

—Un perro chihuahua. Fue mi primer caso.

Lucía inclina el vaso; quiere sonreír.

—No veo que es lo gracioso de la situación.

—Prefiero reír antes que llorar.

—Yo puedo hacerte hacer las dos cosas.

—¿Algo más a lo que te dedicabas como detective privado antes de empezar a trabajar para el peruano?

—Ya te dije. Aprietes, arreglos de cuentas, entierros clandestinos.

—Ah, en eso tampoco tengo dudas de que sos un experto.

—Ni que hablar —digo ensombrecido.

—Los detectives ya no tienen el *glamour* de antes.

—No, no hay nada romántico en el asunto.

—¿Hiciste el curso de detective privado por correspondencia?

—En mi época, a las chorritas de poca monta que se hacían las vivas como vos me las comía con el desayuno.

—Mejor me voy a decolorar el pelo —dice y se levanta. La madera vieja de la silla cruje y yo me quedo un rato viendo los papeles dispersos en mi escritorio. Recortes de diarios, una revistita de sopas de letras, el fichero y un ejemplar de tapas negras con los bordes rotos y las páginas ajadas de *El largo adiós* de 1973. La compré en una librería de usados un tiempo antes de venir acá por última vez.

Quizás pelee una o dos buenas peleas, pienso, pero ahora ya estoy acabado, solo y con una pendeja en el baño a la que debería haber matado.

La escucho tararear una melodía que no conozco, la luz del pequeño *toilet* me ilumina ahora junto con la de la luna alta y redonda allá afuera.

Me saco la chaqueta, descubro la herida y hago una curación con la gasa y el alcohol. Me tomo una pastilla calmante y enseguida siento como se relajan los músculos de mi cuerpo. Vuelvo a ponerme la camisa.

En una de las paredes tengo una lámina enmarcada de un cuadro de Miró. Siempre supuse que si alguien llegaba a entrar a mi oficina, lo último que le importaría sería un cuadro tan horrible y menos dado que no es más que una lámina de papel en un vidrio. Lo corro y dejo al descubierto la caja fuerte empotrada en la pared. Me cuesta recordar la combinación hasta que de un chispazo vuelve a mi cabeza, abro la puertezuela y encuentro allí todo lo que debía estar: una caja de balas y varios documentos falsos. Pasaportes, DNI, cédula de identidad. Tenía un juego de cada uno, para Mercedes y para mí, pero ahora el de mi mujer será para Lucía que vuelve con el pelo mojado y una toalla de mano en forma de turbante.

—Secate bien mientras busco la cámara de fotos.

—¿Para qué?

—Andá sentándote en el sillón.

Del placard saco la cámara de fotos especial de la Policía y una pantalla blanca que ubico en el borde del sillón, detrás de la cabeza de Lucía.

—No sonrías —le digo y me ubico a un metro suyo, saco varias fotos.

—¿Y ahí al fondo tenés una sala de revelado con luces rojas?

—No hay luces rojas, pero sí, entre otras cosas, la máquina necesaria para imprimirlas y hacer una falsificación digna de tus documentos. Para irnos al sur nos va a servir. Incluso si querés algún día irte a Uruguay, Paraguay, Brasil, ahí te dejan pasar con el carné del videoclub prácticamente.

—Que antigüedad...

—¿Lo de que nuestras fronteras son un colador? sí, lo sé.

—No oficial, lo del videoclub.

—Hay buenas películas en alquiler. Podrías ver alguna de las clásicas.

—¿Para qué verlo a Humphrey Bogart si ya te tengo a vos como mi detective privado?

No le respondo, voy al pequeño cuartito de servicio donde imprimo las fotos y las coloco con delicadeza en los documentos truchos. El resultado está lejos de ser una obra de arte pero son suficiente para engañar a cualquier policía de provincia con pocas ganas de trabajar. Con suerte no necesitemos usarlos durante un largo tiempo. Pero hay que ir preparados.

Vuelvo al despacho y le extiendo los papeles.

—A partir de ahora te llamás Lucrecia Galimandi. Hija de Marcos Galimandi.

—¿Y ese quién sería?

—Yo, por supuesto.

—Lucrecia.

—Así te vas a acostumbrar más fácil.

—Y me podés empezar a decir Lu entonces. Lucía. Lucrecia.

—No te voy a llamar por Lu. Ahora, a dormir. ¿necesitás abrigo? creo que tengo una frazada por ahí.

—Voy a estar bien.

—Tratá de dormir entonces que en unas tres horas tenemos que salir —digo y me estoy por acomodar en el piso cuando escuchamos que alguien golpea la puerta.

23

El regalo

—No te muevas de ahí —le digo a Lucía.

Desenfundo la Browning, la levanto y me acerco con cautela a la puerta. No hay un solo sonido más allá del zumbido de la luz eléctrica del pasillo. Me apoyo contra la puerta con la pistola apuntando al lado de la mirilla, pero del otro lado no hay señales de que haya nadie. No veo a nadie. El pasillo está vacío. Excepto por una caja al lado de la puerta.

Me aparto.

—¿Quién era?

—Alguien dejó un paquete.

—¿Una bomba?

—Dejame encargarme a mí, correte.

Lucía desconfía y yo también. Entreabro la puerta, paso el caño de la pistola y después abro del todo. No hay nadie. Todo parece convenientemente tranquilo y sin movimiento. No me gusta. Más allá del portero que me deja las cartas con las cuentas de los servicios nadie nunca viene hasta acá a dejarme cosas en la puerta. Y es apenas pasada la madrugada. Le hecho un vistazo rápido al paquete y vuelvo a levantar la vista. Es una caja de cartón alta y alargada atada con una cinta azul sedosa y ancha. No sé quién fue el que la trajo y la dejó acá aunque no tengo dudas del remitente. En la tapa hay un corazón dibujado con birome azul, adentro escribieron Mario y Lucía. Esto es para nosotros y no puede ser algo bueno de ningún modo.

Vuelvo a entrar.

—Sabe que estamos acá.

—¿Cómo? dijiste que no sabía —dice Lucía agitada.

—Parece que estaba equivocado.

—¿Y qué vamos a hacer?

—Por empezar, ver qué hay adentro de ese paquete ¿no te parece?

—No creo que sea una buena idea.

—¿Tenés alguna mejor?

Duda. No. No tiene nada mejor que proponer. Y yo tampoco. Si la dejó acá es porque quiere darnos un mensaje y sea cual sea ese mensaje tengo que recibirlo. ¿Cómo supo el Inca que estábamos acá? siento un escalofrío recorrerme los dedos que se transforma en certeza: siempre supo dónde estábamos. Siempre estuvo un paso adelante nuestro. Todo este tiempo se estuvo divirtiendo como un gato que tiene a su presa entre las garras. Y yo no lo pude ver. No lo vi venir. Una equivocación puede ser fatal y ya llevo ¿cuántas cometidas? Tiene que ser eso. No encuentro otra explicación. Estuvo jugando con nostros mientras yo estaba convencido de que lo iba a poder burlar, que nos íbamos a salir con la nuestra.

Salgo al pasillo, camino hasta el fondo nervioso, con la pistola bien aferrada a la mano, apuntando hacia adelante. Pero no hay rastros de nadie. El mensajero desapareció como vino. Hecho una mirada a la escalera y no distingo nada. Ni un cuerpo, ni una pisada, nada. La situación no me gusta. Algo tiene que estar mal. No puede haber nada bueno dentro de la caja. Doy la vuelta con cuidado y lentitud, vuelvo a la oficina y alzo la caja, la apoyo arriba del escritorio. Corro los papeles de un manotazo y la empujo al centro. Lucía se acerca con la curiosidad del miedo y la desesperante sensación de lo inevitable. Lo sé porque yo siento lo mismo.

—Volvé para allá. Sea lo que sea que haya acá no hace falta que lo veas.

—Quiero ver.

Entonces siento que el escritorio empieza a mojarse. Un charco pegajoso y frío se forma alrededor de la caja, el cartón se humedece. Trago saliva.

—Te dije que volvieras para allá —le digo a Lucía y la aparto de un manotazo.

Abro la caja. Lo veo, lo distingo a pesar de que la única luz que viene ahora es la que se mete por la ventana desde la calle y la del pasillo de la puerta que quedó abierta.

Sé que estoy derrotado. Quizás siempre lo supe. Desde el día en que Mercedes me abandonó.Ya no soy más que un fantasma que deambula en tiempo de descuento, de rodillas, arrastrándome porque no puedo caminar.

Lucía adivina que el desastre cayó encima nuestro. Lo ve en mi cara, lo ve en mi expresión desencajada. Da unos pasos cautelosos y se asoma. Lo ve. Ella solo conoció a Pablo, el médico que nos atendió hace tan solo un día, el que curó nuestras heridas y nos devolvió de la muerte. No sabe que la otra cabeza que contiene la caja es la de Gladys, su hermana. Ella no se merecía pagar por mis errores. Quedamos estáticos, mudos, sin poder movernos, como si un veneno nos hubiera paralizado.

Lucía empieza a llorar. Es un llanto desconsolado y lleno de frustración. No puedo dejar de mirar al interior de la caja y su macabro contenido. Este es el regalo de Walter Ayala.

Estoy tan concentrado en esto que no me doy cuenta que a la carrera por el pasillo viene Edgar Flores. No escucho sus botas tejanas con punta de acero haciendo temblar el piso, su cuerpo desbordado rebotando por el pasillo y sólo me doy cuenta de que está acá cuando su puño cerrado me impacta en la nuca y me tira dos metros adelante. La pistola vuela de mi mano y cae en el *toilette*. Lucía no se mueve. Pero para ella también hay. Edgar la tira contra el sillón con un movimiento brusco del antebrazo.

—A vos te dejo de postre —masculla y viene por mí. Oigo sus pasos pesados, sin apuro, está disfrutando este momento.

Intento arrastrarme hasta la Browning pero me pisa la mano. El peso de su cuerpo todo encima mío y siento que no le costaría nada romperme uno a uno los huesos si quisiera.

—Conchetumadre Mario. Siempre desconfié de vos. Y de esta también. Voy a disfrutar esto y le voy a llevar sus cabezas al jefe —me levanta del saco como si fuera una bolsa de papas y me tira contra la ventana. Impacto. El vidrio se raja pero resiste sin partirse. Faltó poco para que terminara siendo una mancha más en el pavimento. ¿Para qué pelear? está todo perdido. Por mi culpa murieron dos personas inocentes que nada tenían que ver con toda esta mierda. Yo maté a Gladys. Salvé a Lucía ¿para qué? le compré tiempo de vida a cambio de la de una prostituta triste que no tenía nada que ver con todo esto y que no merecía el final que le tocó.

Edgar Flores me vuelve a levantar, esta vez de los sobacos, me agarra bien fuerte y me sostiene en el aire. Entonces, no sé cómo lo hace, pero sin dejarme caer me coloca otro puñetazo de lleno en la jeta. Siento sangre por toda la cara. Me debe haber partido el tabique de la nariz. Con esas manos grandes y grasosas me aprieta los brazos, tantea, yo sé que busca. Busca la herida y la encuentra. Aprieta con fuerza en mi hombro, ahí donde me pasó la bala hasta que sale sangre y sigue apretando, mete el dedo por el agujero y doy un grito, un sollozo de dolor, desesperado. Me impacta con un cabezazo. Caigo al piso de nuevo. Estoy perdido. Siento sangre en la boca, en la cara, tengo la vista nublada.

—Matame. Terminá con esto —suplico desparramado en el piso, sabiendo que cuanto antes termine va a ser mejor.

—Recién estoy empezando a divertirme —dice y me mete una patada en las costillas —porque quiero que sufras y que te preguntes antes de morir de qué te sirvió todo esto.

Ruedo sobre mi cuerpo y choco contra una de las patas del escritorio. Edgar me toma de los pelos y me empuja la cabeza contra la cajonera que se deforma con el impacto.

—Siempre fuiste un problema y ahora para matarte también lo sos —dice reflexivo y yo agradezco que haya parado la paliza al menos un instante —porque si te remato así, ahora, se me terminaría demasiado pronto el goce de la venganza. Y te aseguro que quiero vengarme malparido conchetumadre que mataste a mi hermano.

Tengo la cabeza apoyada contra el cajón deformado del escritorio, levanto el mentón todo lo que puedo moverme y escupo sangre que impacta justo en el centro de la bota de Edgar.

—Te crees muy recio ¿eh? —refriega la sangre que le escupí sobre mi pecho, con delicadeza, como si no quisiera romper una muñeca delicada.

—Creí que Walter iba a querer matarnos él mismo.

—Yo también creí que iba a ser así. Y por eso estaba decepcionado. Pero apenas se lo pedí sonrió y largó una carcajada. Ya lo conoces. Le encanta reír. Dijo que le parecía bien que yo tuviera mi venganza, que vos sólo sos un saco de mierda, que ni vale la pena ensuciarse las manos matándote. Estoy de acuerdo, sólo que ustedes mataron a mi hermano y solo por eso sí vale la pena que me ensucie.

—Tu hermano está muerto porque me subestimó. Igual que vos.

—Sí que tenés agallas Mario. No te van a servir de nada.

Me aplasta la cara con la suela de su bota tejana, se toma su tiempo y lo hace con tranquilidad, sabe que ya no me puedo mover, que estoy terminado.

Entonces pasa algo que no espero. Lucía. Está de pie y se abalanza sobre Edgar. Lo toma del cuello y se trepa sobre él. No Lucía, así no. Así me tuviste a mí y te pude haber matado. Pero no es tiempo de pensar. Tenemos esta sola oportunidad. Lucía grita, le tapa los ojos con las manos, intenta arañar, morder, está trepada encima del peruano como si estuviera montando un toro en un rodeo y yo tengo esta oportunidad, que no va a durar mucho. Me arrastro con lo que me queda de fuerza, veo la Browning, está ahí, quieta esperando que llegue. Siento que todos los huesos de mi cuerpo están rotos o a punto de romperse. Lucía sigue trepada encima de la mole, que patalea y grita, manotea al aire intentando sacársela de encima como si fuera un elefante peleando con un tigre sobre su lomo. Comprende lo que quiero hacer y me pisa la pierna derecha. Me tiene retenido bajo su peso, ya no puedo seguir avanzando y la pistola quedó a centímetros de mis dedos. Los estiro todo lo que puedo pero no llego. Me tengo que mover, tengo que escapar a la prisión de su pisada. Es la última fuerza que me queda y la condenso toda como solo un hombre que está a punto de morir puede hacerlo. Rozo la pistola. Un poco más, solo un poco más. Giro la cabeza. Edgar está empezando a recuperar el control de la situación y logra acertarle algunos golpes de mano a Lucía que resiste trepada a su espalda, con las piernas alrededor de su ancho cuerpo, las manos aferrándose a la cabeza del monstruo. Toco el caño de la pistola. La tengo. La acerco con el dedo hasta el resto de la mano y consigo agarrarla. Giro el cuerpo hasta quedar sentado con la Browning en la mano y en el mismo momento Edgar logra desprenderse de Lucía a la que arroja de un empujón contra la pared. Lucía se golpea la cabeza y se desparrama en el piso. No hay tiempo para pensar. Ni un segundo más. Es ahora o nunca. Edgar ve la pistola en mi mano y trata de correr el cuerpo pero es demasiado tarde y su cuerpo es demasiado excesivo como para escapar a tiempo. Levanta la mano por reflejo como si pudiera atajar la bala pero ya está, el gordo ya está terminado. Aprieto el gatillo. No pasa nada. Está trabada. Supongo que Dios tiene un plan para cada uno de nosotros. Y también supongo que como bromista es un reverendo hijo de puta. A Edgar en cambio la situación le causa gracia. Larga una enorme carcajada triunfal. Se sacude, se trona los dedos y comienza a acercarse con la mirada inyectada de sangre y sadismo. Me arrastro, busco la pared como si pudiera salvarme, me acorrala.

Estoy literalmente entre el monstruo enorme y la pared.

—Creo que ya me divertí bastante con ustedes —dice y se pone en cuclillas frente mío, con su cara enorme y desagradable frente a la mía, acorralándome como el ratón que fui de su juego perverso.

"Mario" escucho. Es Lucía. Está viva. De rodillas, en cuatro patas, apenas se puede sostener con una mano apoyada en el borde del escritorio. Todo ocurre muy rápido. Me arroja algo, lo veo venir en el aire. Edgar gira la cabeza pero es demasiado tarde para él. Estiro el cuerpo todo lo que puedo y alcanzo el abrecartas de marfil africano mientras todavía vuela en el aire.

Edgar gira la cabeza para mirarme una vez más. Es su última vez y dura tan solo un sólo segundo de conciencia; la conciencia de que perdió de nuevo. Le clavo el abrecartas en el cuello con toda la fuerza que me queda. Siento como el marfil penetra en su piel, corta el tejido. Revuelvo como si estuviera metiendo una cuchara en una fuente de salsa espesa.

—Me preguntaste si valió la pena todo esto —susurro en su oído —ahora te lo digo, sí lo valió. Valió matar a Milton y a tu hermano y matarte a vos. Valió la pena aunque afuera, en el pasillo, nos espere el Inca con un machete para cortarnos la cabeza.

Hundo cada vez más el puñal hasta que queda prácticamente entero adentro de su cuello. Abre los ojos que ya no son más que dos pequeñas pelotitas grisáceas y empieza a escupir sangre.

Cae muerto a mi lado.

24

Las hamacas

Me saco de encima el cadáver de Edgar Flores. La ropa se manchó de sangre de nuevo. Todo lo que hicimos, todo el tiempo que perdimos, el policía que tuve que matar, todo eso no sirvió para nada.

—Me dijiste que nadie sabía de este lugar.

Recobro el aire.

—¿Estás bien?

—¿Cómo te parece que estoy? —dice Lucía mientras se sostiene del borde del escritorio para ayudarse a levantar.

Me apoyo contra la pared y empiezo a ponerme de pie. No es tan difícil. Pensé que iba a estar peor, huesos rotos, hemorragias internas. Siento una punzada en una costilla. Puede que todavía este conglomerado de músculos, sangre y nervios sigan funcionando pero siento como si alguien hubiera apagado el interruptor en mi cerebro.

—¿Qué vamos a hacer?

—Limpiarnos la sangre. Después, salir de acá.

—¿A dónde vamos a ir?

—El plan sigue en pie, nos vamos al sur.

—Vayamos a donde vayamos, Walter nos va a encontrar y nos va a ir a buscar —dice Lucía cansada —se suponía que este era tu búnker infranquebale, y mirá cómo estamos —patea el cadáver de Edgar como si fuera una bolsa de escombros.

Tiene razón.

—¿Sabés lo que estás diciendo?

No responde. Busca en sus bolsillos y saca su atado de cigarrillos que está abollado, arrugado. Saca uno, lo endereza y lo enciende.

—¿Querés?

Le digo que sí y fumamos contemplativos y en silencio.

—No hay otra alternativa. Tenemos que matar a Walter —dice por fin.

Pienso en Gladys y en su hermano, pero sobretodo en Gladys. Está muerta por mi culpa

Termino el cigarrillo, lo aplasto contra la pared.

—¿Cómo se te ocurre que podríamos hacerlo?

Lucía mira a través de la ventana como si buscara una respuesta en la noche. Voy hasta el *toilette*, me miro en el espejo. Tengo la cara hinchada y salpicada de sangre. El tabique de la nariz resistió. Me sangra la herida de la mejilla y tengo nuevas heridas decorándome la cara.

Abro la canilla de agua fría y me lavo la sangre que se escurre por el desagüe.

¿Cómo pude haber cometido tantos errores? Me siento un principiante, un descuidado. Nunca contemplé la posibilidad de mi propia caída. Entonces me miro de nuevo al espejo y veo a un viejo cansado y triste.

Me seco la cara con una toalla que queda teñida de rojo.

Abro la camisa, busco la herida en el hombro. La limpio de nuevo. No hay nada roto. Busco los calmantes, me meto tres en la boca y las paso con agua.

Salgo del baño.

—Limpiate y salimos.

Lucía tarda en reaccionar, da vuelta la cabeza y me mira.

—Vamos nena, tenemos cosas que hacer.

—¿Qué?

—Empezá por lavarte. Yo me encargo de lo que hay acá.

Asiente, tira la colilla de un nuevo cigarrillo al piso y se va a lavar. Tenemos poco tiempo.

Lo primero: levanto la Browning del piso, la reviso y la desarmo. La destrabo con delicadeza. Nunca me había fallado pero cuando lo hizo estuvo a segundos de costarme la vida. Abro el cajón del escritorio, levanto el falso fondo. Ahí está mi Bersa Thunder 380 con cargador de diez balas. Lista para emergencias. La tomo. Es una pistola chica, liviana y semiautomática. La guardo en la sobaquera.

Corro las cortinas para que tapen la ventana y bajo las persianas.

Mover el cuerpo de Edgar Flores no me resulta fácil pero lo termino haciendo. Pesa más todavía que cuando estaba vivo. Tiro papeles en el piso donde cayó la sangre y seco todo lo que puedo. Lo peor es llevar la caja. La cierro y la apoyo sobre la espalda del mamut caído.

Esto tiene que aguantar un par de horas. Justo lo que necesito hasta terminar con todo esto. Hago un llamado y ahora le debo otro favor a alguien. Un favor grande y pesado pero en un rato no va a quedar ningún rastro de lo que pasó acá.

Cuando termino de hablar, Lucía está limpia, casi intacta. Con el pelo blanqueado parece otra.

Salimos, cierro la puerta compruebo que el piso del pasillo no esté manchado de sangre, que no haya rastros de lo que pasó. Pasamos por las puertas de los departamentos vecinos, oficinas vacías la mayoría y alguna que otra ocupada que por la noche están completamente silenciosas y calmas.

Entramos en el auto.

—¿Ahora?

—Salgamos de acá —digo y enciendo el motor.

Enseguida estamos de nuevo en las calles, en medio de la noche tranquila, ajena a todo lo que tenemos que resolver. Me siento un extranjero manejando sin saber hacia dónde estamos yendo.

Pasamos por un parque y Lucía me dice que me detenga, que bajemos acá un rato. Cualquier lugar es igual después de todo y necesitamos tratar de pensar el siguiente paso. ¿Por qué no detenernos acá? estaciono, bajamos y nos adentramos en el parque.

Lucía se encamina derecho hasta el sector de juegos infantiles y se sienta en una hamaca.

—¿Qué esperás? impulsame —me dice.

Lo hago.

—Más fuerte.

La empujo con más fuerza y la hamaca comienza a levantarse del suelo y Lucía sonríe, está feliz, empieza a gritar de alegría como si fuera una niña disfrutando de un día perfecto en la plaza, sin preocupaciones. Si vamos a morir esta noche al menos que sus útlimos instantes hayan sido de alegría. Estoy resignado.

Así seguimos un rato hasta que se cansa y frena el impulso de la hamaca.

—Vení, sentate al lado mío —me dice señalando la otra hamaca.

Me siento.

Lucía saca sus cigarrillos.

—Los últimos dos. Me vas a acompañar ¿no?

Acepto su ofrecimiento.

—Antes —le digo mientras se lo enciendo —me gustaba sentarme en casa y fumar un habano.

—Bacán.

—Lo hacía sólo cuando las cosas salían bien. O cuando tenía algo que me inquietaba mucho que pensar.

—Eso último seguro que no pasaba mucho.

—¿Por qué lo decís?

—Los policías no piensan Quiroz. Los policías ejecutan.

—En mi posición tenía asuntos que pensar, pistas que seguir.

—Pero siempre dependiste de otra cabeza que pensara por vos y te diera órdenes.

—Sí —digo con cierta melancolía.

Lucía aspira hondo para llenarse del todo los pulmones con el humo.

—¿Sabés por qué te pedí que parásemos acá?

—No.

—Tenemos que pensar cómo vamos a matar a Walter y evitar que él nos mate a nosotros antes.

—Lo sé.

—Y quería asegurarme al menos de disfrutar de esto una vez más antes que eso pasara. Nunca nadie me llevó a una plaza.

Ahora no sé qué responder.

—No tenés que decir nada.

—Menos mal.

Los autos pasan a toda velocidad por la avenida, se van, desaparecen y se convierten en lucecitas fugaces mientras nosotros nos hamacamos suavemente.

—¿No tenés miedo de que te mate yo a vos Quiroz?

—¿Por qué?

—¿Te parece que no tengo buenos motivos?

—Sí.

—Pero no lo hice hasta ahora ¿no?

—Oportunidades no te faltaron.

—Después se me pasa. Además, te necesito para salir viva de todo esto.

—No nos conocimos de la mejor manera Lucía, pero creo que hemos vivido en estos dos días lo suficiente como para dejar atrás cualquier desacuerdo inicial.

—¿Te parece un desacuerdo inicial matar a mi amante, llevarme a las manos de quien me quería muerta y tratar de enterrarme viva?

—Como dije, los dos hicimos cosas que no volveríamos a hacer ahora.

—¿Quién te dice que no te volvería a disparar?

—Nadie.

—Me acabo de dar cuenta. Ya sé cómo matar a Walter Ayala.

—Te escucho.

25

AK-47

—No. No va a funcionar.

—Sabía que ibas a decir eso.

—El Loco lo quiere ver muerto, pero también le gustaría vernos muertos a nosotros. Es demasiado peligroso.

—Es por eso que Walter no se lo va a ver venir.

—Te volviste loca.

Me levanto de la hamaca fastidiado. Ni pensar en acercarnos a Bautista.

—Mirá Quiroz, es muy simple —dice Lucía —yo voy a ir al encuentro con El Loco y le voy a proponer una alianza. Vos elegí si venís conmigo o te quedás por tu cuenta.

—Exactamente ¿en qué consiste tu plan más allá de ir a entregarte al Loco Bautista y proponerle que mate a su ex socio?

—En nada más que eso.

—Eso ni siquiera es un mal plan porque directamente no es un plan en absoluto.

—Te hubiera encantado dejarme morir. Ahora no tendrías este problema.

—No seas estúpida. Estamos en esto juntos y vamos a terminar lo que empezamos. No solo por nosotros sino por los que murieron por nuestra culpa.

Una tímida sonrisa se le dibuja en la comisura de los labios pero hace fuerza para disimularla.

—Entonces, ¿vamos?

—A dormir vamos. Necesitamos descansar, dormir un poco y reflexionar esto con la almohada.

—Ya sabía yo que este viejo verde iba a buscar la oportunidad de volver a invitarme a un hotel alojamiento.

Nos alojamos en un hotel barato pero con dos camas separadas. Entramos a la habitación y apenas me alcanza el resto físico para caer desplomado sobre el colchón. Me despierto algunas horas más tarde cuando siento que me sacuden el cuerpo. Por instinto busco la Bersa en la sobaquera y cuando termino de abrir los ojos la veo a Lucía. Está bañada, arreglada modestamente, y con el pelo atado con una cola de caballo.

—Ya es hora.

Me levanto cansado, el cuerpo duele más ahora que hace unas horas. Los músculos se relajaron y el dolor se expandió. Siento que apenas me puedo poner de pie. Aún así, en diez minutos ya estoy arreglado para salir. Bajamos al auto y estamos otra vez uno al lado del otro sin saber qué hacer.

—¿Ahora? —digo.

—¿Se te ocurrió un plan mejor que el mío?

—No.

—Entonces creo que la única opción que nos queda es ir a tocarle la puerta al Loco Bautista.

—Pero dejame hablar a mí.

Arranco el auto y conduzco hasta las inmediaciones de la Galería La Simpatía. No demasiado lejos del restaurante de Wally. Entramos en un gran patio de locales cerrados, con las ventanas tapiadas con papel de diario, un sex shop que resiste abierto en un rincón marginal y algunos videoclubes que venden películas piratas.

—Al fondo a la derecha —me indica Lucía.

—¿Ya estuviste acá?

—Alguna vez.

Seguimos su indicación y quedamos frente a un local de 4x4 con una vidriera lastimosa que exhibe modelos de teléfonos celulares robados y accesorios polvorientos.

Entramos. Atrás de un mostrador un morocho aburrido se concentra en la pantalla de una PC.

Busco la Bersa y la saco. Un segundo de pánico se marca en su cara pero enseguida se le pasa cuando apoyo la pistola en el mostrador.

—Somos Mario Quiroz y Lucía Zabala. Queremos ver al Loco. Acá está mi fierro. Es toda la carga que llevamos —le digo al tipo que no duda un instante y antes de emitir sonido desenfunda una 9 mm que apunta a mi cabeza. Levanta de abajo del mostrador un transmisor y dice unas palabras cerradas que apenas escucho. En menos de un minuto estamos rodeados por dos tipos con ametralladoras AK-47.

Nos palpan de armas y cuando comprueban que no tenemos nada más se nos acerca el morocho que nos recibió.

—Hay que ser demasiado valiento o demasiado pelotudo para ser ustedes y aparecerse así como así por acá para pedir ver al Loco.

—Tenemos un trato para ofrecerle a Franklin.

—¿Y por qué creen que a él le podría interesar cualquier cosa que venga de ustedes?

—Porque vinimos a decirle cómo puede hacer para terminar con el Inca Ayala y reclamar su territorio —dice Lucía.

El morocho sonríe y desaparece atrás de una puerta del fondo que da al pequeño depósito del local. Hace una llamada pero nosotros solo escuchamos puro dialecto incomprensible.

Vuelve a aparecer.

—El Loco los va a recibir. Pero yo que ustedes no me entusiasmaría demasiado.

Nos llevan por un pasillo estrecho y húmedo al fondo de la galería. Sólo escucho respiraciones, pasos, una canilla que gotea y después pasamos por una puerta, acá hace calor, el aire está viciado y lleno de humo, se escuchan voces animadas. Nos conducen a los empujones, atravesamos otra puerta y nos obligan a sentarnos en un sillón destartalado. Estamos en un cuarto cerrado, de paredes lisas ennegrecidas por el tabaco, una lamparita de 45 watts pende solitaria en el centro de la habitación y parado frente nuestro Franklin "el Loco" Bautista en persona. A los lados tenemos de custodia un soldado cada uno, apuntándonos con sus fusiles.

—Tienen un minuto.

—Hola Franklin —lo saluda Lucía.

—El tiempo está corriendo —dice el Loco.

—Dejame hablar a mí, nena. Vinimos a proponerte un pacto porque queremos lo mismo que vos: ver muerto al Inca Ayala.

—Eso no me sorprende. Le puso precio a sus cabezas. Me pregunto qué me detiene para cortárselas y llevárselas como muestra de buena voluntad para volver a sellar nuestra vieja amistad.

Lucía chasquea la lengua y mira al costado.

—Sabés que no vas a hacer eso. Es Ayala el que te debe a vos Franklin, ¿vas a dejar todo lo que construiste para volver a los pies del Inca?

—Sería tan fácil —susurra mientras pasa la uña de su dedo índice, crecida y mugrosa por mi cuello —un corte limpio acá y me doy por cobrado los dos hombres que me mataste Quiroz. Y la puta esta paga por mi inversión arruinada en su noviecito —ahora pone el filo de su uña debajo del cuello de Lucía que cierra la boca con ira —¿sabés por qué Santiago te dejó? digo, ¿sabés el verdadero motivo?

—Porque pensó que iba a pasarla mejor con Fernanda.

El Loco Bautista larga una carcajada.

—Santiago se acostaba conmigo Lucía. Era mi inversión y mi cachorro. Y vos hiciste que lo mataran.

—No. Estás mintiendo —dice Lucía trémula.

—Entiendo que no quieras creer. A veces para sobrevivir uno se engaña, se miente a sí mismo, porque es más fácil que aceptar las cosas como son.

—No, no puede ser.

—Está bien, pensá lo que te de la gana. Sólo creí que era justo que lo supieras ahora que ya no tiene importancia.

—Esto no tiene nada que ver con lo que vinimos a hablar —interrumpo impaciente.

—Yo creo que sí tiene que ver. Estuve esperando mucho tiempo el momento de tener a la responsable de la muerte de Santiago en mis manos y ahora, como si se trata de un milagro, ella mismo vino caminando a tocarme la puerta y entregarse. Pero qué noticia tan inesperada. ¿Saben qué hay acá atrás de esa puerta? —dice señalando —allá hay una ruleta, y una mesa de quiniela, una donde se juega *blackjack* y una barra donde una puta vieja sirve alcohol. Siempre está lleno. ¿Saben cuánta plata levanto cada día con esto? y no es que no tenga diversificado el negocio. No necesito a Ayala. No los necesito a ustedes. No necesito plata ni nada que me puedan dar y en cambio sí necesito dejar en claro que conmigo no se jode. Y ustedes dos, ustedes dos son los que más me jodieron después de Walter. Pensar en todo lo que le dí, todo lo que hice por él cuando era apenas más que un indio bajado de la selva. Se les terminó su tiempo y no voy a mentirles diciéndoles que no voy a disfrutar de esto.

Uno de los tipos de Bautista me toma del pelo, me tira la cabeza hacia atrás. Lucía grita. El otro tipo le tapa la boca con la mano mientras la encañona, Bautista se relame y apoya una 9 mm sobre mi cuello extendido.

—Me pregunto si debería empezar con él o con ella. Que difícil la decisión.

—Pará Bautista, no pudiste escuchar nuestra oferta.

—Esto ya se está poniendo aburrido. Ya les dije que no hay nada que puedan darme más allá de la satisfacción de matarlos.

—Escuchá lo que tenemos para ofrecer y después decidís —digo puteándome para mis adentros por haberle hecho caso a Lucía y su ridículo plan de venir hasta acá.

—¿Me estás desafiando a elegir? ¿acá y ahora? Me gusta. Convenceme con diez palabras y los dejo vivir.

El tipo que me tiene agarrado del pelo me suelta y me empuja la cabeza para adelante.

Cierro los ojos y digo:

—¿Por qué la segunda línea si podés tener al Inca?

El Loco Bautista está contando con los dedos.

—Lo siento, conté sólo nueve palabras.

—Eso es porque contaste mal. Contaste *porque* en vez de *por qué*. Son dos palabras cuando se usa para preguntar.

Bautista sonríe, me pasa la mano por el pelo, me lo sacude como si fuera un chico.

—Me caes bien. Ya entiendo por qué el Inca te reclutó.

—¿Entonces?

—Vinieron hasta acá para pedirme ayuda para matar a mi antiguo socio. Algo que quiero hacer desde hace un tiempo. Me divertí con ustedes, pero no veo en qué cambia su situación.

—Yo conozco la casa de Walter. Conozco la rutina de los guardias, sé cuándo nos convendría atacar y Mario es un hombre bien entrenado en combate —dice por fin Lucía.

El Loco Bautista reflexiona un instante.

—La puta madre. ¿Por qué no? Jajaja por y qué. Dos palabras. Me convencieron.

—Exacto —me envalentono —¿por qué dar un mensaje con nosotros que somos dos perejiles si podés dejar bien claro quién es el jefe de la parada liquidando al hombre que te traicionó?

Bautista mueve la boca como para decir algo pero se lo guarda.

—¿Tenemos un trato?

—Claro, el acuerdo es que ustedes van a ser la carnada para hacer salir al Inca y mis hombres se van a encargar del resto. Pero a Walter lo mato yo.

—No. Quiero ser yo —dice Lucía.

—Callate —le pego un codazo.

—Es brava la nena ¡eh! Ya entiendo por qué Santiago se fue conmigo. Era muy delicadito como para bancarse a esta mandona.

Le aprieto la mano a Lucía con fuerza. Necesito que por una puta vez no diga nada.

La puerta frente nuestro se abre y aparece un tipo vestido con traje que nos ignora por completo, se acerca hasta Bautista, le dice algo al oído y él asiente con expresión seria.

—Tengo un asunto que atender —dice el Loco Bautista y chasqueando los dedos agrega —chicos, vengan conmigo. Ustedes no, ustedes se quedan acá.

Salen con un portazo.

—Estuvo cerca —dice Lucía.

—Sí. Empiezo a pensar que hasta puede que no haya sido tan mala la idea de venir hasta acá. Por lo menos seguimos vivos, lo que ya es una buena noticia.

—Salió como esperaba que saliera.

—Por poco.

—Sabía que íbamos a estar bien.

—¿Por qué?

—Porque por algo a este tipo le dicen el Loco ¿no?

26

La lancha

El tiempo parece no pasar acá adentro

—¿Crees que sea cierto? —pregunta Lucía.

—¿Qué?

—Lo de que Santiago era el amante del Loco.

—No lo conocí como para decirlo.

—¿Pero cómo te suena?

—Es irrelevante en este momento Lucía. Lo que Franklin quiso hacer es sembrar la duda en tu cabecita, ponerte nerviosa, amansarte para que seas más dócil. Por lo visto lo logró.

Reflexiona un instante.

—No creo… no creo que él y Santiago…

—¡Lucía! —le digo y le apoyo las manos en las mejillas, sosteniéndole la cabeza —ya no importa.

Tiembla, tiene los ojos vidriosos. La abrazo.

—Ya está. Pronto se va a terminar.

—¿Por qué nos dejó acá solos?

—Quizás para probarnos. Escuchar lo que hablamos. Ablandarnos. Todo eso junto.

—Nosotros vinimos a buscarlo a él ¿qué tiene que probar?

—La lealtad no es algo que se construya con palabras bonitas, Lucía. Y Bautista podrá ser loco pero no es pelotudo.

Durante un rato que parece no terminar nunca nos quedamos sentados en silencio y sin movernos.

Hasta que por fin se abre la puerta y aparece uno de los tipos de Bautista. Le hace una seña con el dedo a Lucía para que lo siga.

Me mira indecisa y yo asiento con la cabeza.

Se levanta y sigue al tipo. Se van dando un portazo. El tiempo vuelve a hacerse una pesadilla de segundos interminables, minutos que se arrastran y quizás horas. Empiezo a cabecear y me doy cuenta de que me quedé dormido cuando escucho que se vuelve a abrir la puerta y abro los ojos alerta. Entra Lucía cabizbaja, se sienta al lado mío y de nuevo un portazo.

—¿Qué pasó? ¿a dónde te llevaron?

Levanta la mirada, me dedica una media sonrisa y me dice:

—No importa. Ya está. Ya le dije todo lo que necesitaba saber. Pronto se va a haber terminado todo.

Volvemos al silencio pero esta vez el aire se pone pesado, como si la Lucía que salió por esa puerta no fuera la misma que volvió a entrar. Pasamos otro rato de tiempo indeterminable en un incómodo malestar hecho de silencio hasta que por la puerta aparece de nuevo el Loco Bautista flanqueado por su guardia personal de sicarios cargados con rifles.

—Ya es la hora —dice y sus guardaespaldas nos hacen levantar y nos sacan a los empujones del cuarto. Nos meten en un auto que es seguido por otros dos autos. Viajamos en una Land Rover Discovery de vidrios polarizados. Lucía y yo vamos en los asientos traseros junto con uno de los matones. El Loco viaja en el asiento del acompañante y el que maneja es otro de sus matones. Parece que la locuacidad con la que nos recibió dejó paso a un silencio expectante y tenso.

Bajamos por autopista y hacemos un trayecto corto hasta un desvío que nos lleva al río. El auto se detiene frente a un muelle. En el agua nos espera una lancha pequeña con el motor encendido. Nos hacen bajar.

—Escuchen —dice el Loco Bautista —el plan es el siguiente: nos embarcamos, llegamos hasta la mansión del Inca y Quiroz hará su actuación de querer entregarse. Cuando lo reciban, ahí es cuando van a entrar en acción mis muchachos que van a estar apostados alrededor de la casa de Walter.

—¿Qué hay de Lucía?

—Ella se queda conmigo.

—¿Qué? ¡no! ¡eso no es lo que hablamos! ¡yo quiero participar!

—Lucía —le digo agarrándola del brazo —tiene razón Franklin. Va a ser demasiado arriesgada la operación. No voy a permitir que corras riesgos innecesarios.

—Además vos vas a ser mi rehén Lucía. No vaya a ser cosa que al buen Mario se le de por cambiar de bando una vez más.

Duda. Pero entiende y termina por aceptar no sin fastidio.

El plan es totalmente suicida. Si tengo que caer, que así sea. Pero sé de algún modo que no logro entender que pase lo que pase, no voy a terminar muerto acá.

Embarcamos en la lancha. Fastuosas mansiones se van dibujando en las orillas en la medida que avanzamos silenciosamente por el río.

El Loco hace un llamado por radio mientras surcamos las aguas quietas y nos metemos por un canal. Ahora hay menos casas, están más aisladas y todas tienen las luces apagadas. Sólo se ve un sendero de faroles que forman un camino interno del barrio, una línea de asfalto surcada por lomas de burro regulares habitada a esta hora solamente por el canto de los grillos.

Calculo que deben ser pasadas las cuatro de la mañana.

—Tenemos vía libre —dice Bautista a uno de sus hombres.

A los lejos veo como empieza a dibujarse la silueta de la fortaleza del Inca. Desde que dejó la villa vive en este barrio privado, aislado del resto del mundo y a salvo. Al menos hasta hoy.

El capitán apaga el motor de la lancha y Bautista nos hace una seña para que nos agachemos. El bote se desplaza con la corriente y uno de los guardaespaldas del Loco estabiliza el rumbo con un remo. El muelle queda lejos de donde finalmente atracamos.

Bajamos sigilosos en medio de la noche. El Loco Bautista levanta dos reposeras del fondo del bote, las carga unos metros tierra adentro, las despliega y las apoya sobre el césped.

—Acá nos quedamos con Lucía.

La casa de Ayala está a unos cincuenta metros. No se escucha un sólo sonido más allá de un búho y el de las hojas de los árboles siendo mecidas por el viento.

—Mario —me die el Loco —es tu hora.

Le dice a uno de sus guardaespaldas que me devuelvan mi Bersa. Me la dan, la guardo en la sobaquera.

Los hombres de Bautista se despliegan por el perímetro ocultándose detrás de los árboles y arbustos. El Loco se sienta en la reposera y la empuja a Lucía para que lo acompañe.

—Todo tuyo —me dice.

—Cuidate Mario —susurra Lucía.

Trago saliva, miro al frente y empiezo a caminar. Es una noche fría, húmeda y el césped está cubierto de gotas de rocío.

Las luces de la mansión están apagadas y no parece haber guardias. Me resulta inquietante.

Avanzo por el camino de grava que da a la puerta principal y me detengo justo frente a la puerta principal de la casa. Grito con toda la fuerza de la que soy capaz:

—¡Walter! ¡soy Quiroz! Vine a ofrecerte un trato.

No hay respuesta.

—Tengo a Lucía conmigo. Quiero negociar. Ella me importa un carajo. Me di cuenta de que estoy viejo y cansado, solo quiero terminar de una buena vez con esta mierda.

Sigue sin haber respuesta.

—¡Vamos Inca! ¡la cosa es con ella!

Silencio. Absoluto silencio. Quizás no está en casa. Pienso que todo esto fue una pérdida de tiempo y que ahora estamos a merced del Loco Bautista. No sé qué hacer ahora. Me doy media vuelta para volver con el Loco y plantearle la situación cuando una luz de adentro de la casa se enciende. Luego otra y otra y de pronto toda la casa está iluminada como una noche de carnaval.

Giro el cuerpo. La puerta empieza a abrirse y entonces una sensación me recorre todo el cuerpo como una certeza inapelable de que ya estoy muerto.

27

La bandera de Perú

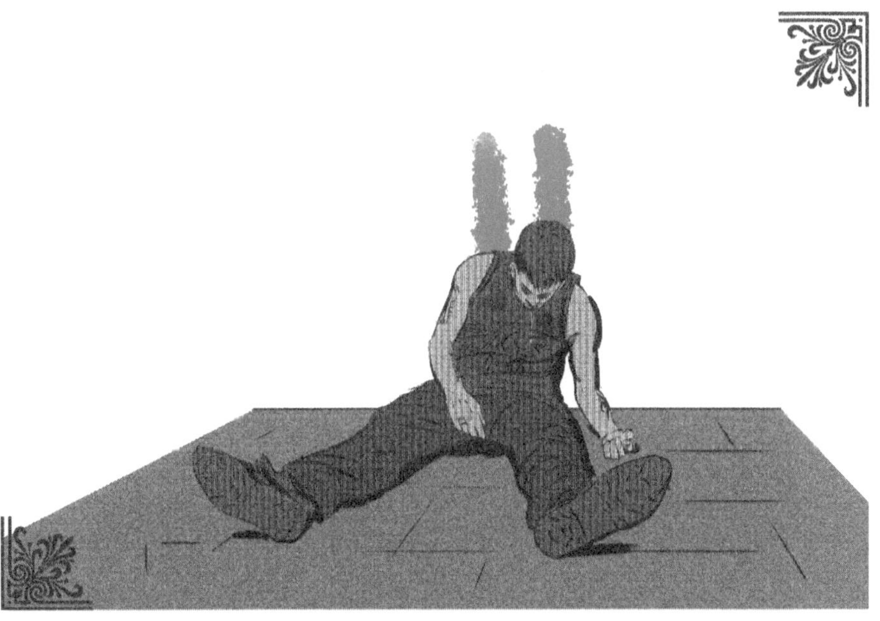

La luz que sale del interior de la casa del Inca Ayala ilumina el jardín como si hubiera amanecido, pero el cielo cubierto sin estrellas está en su momento de mayor oscuridad.

El foco del reflector se posa sobre mi cuerpo y escucho una ola de *clicks* de las armas automáticas preparándose para darme la bienvenida.

Una figura empieza a dibujarse en la entrada de la mansión, es una sombra de la que sólo distingo una pistola apuntándome, viene a mi encuentro.

—¿Realmente sos vos Mario? ¡qué ánimo de venir hasta acá conchetumadre! —es la inconfundible vos de Justo Villaroel aunque no puedo terminar de distinguir su silueta porque una lluvia de balas empieza a zumbar a mi alrededor, pasando a centímetros de mi cuerpo. Dos, tres, cuatro, no puedo saber exactamente cuántas balas se estampan en pleno pecho de la sombra que en seguida termina convertida en nada más que un torpe estropajo que se arrastra por el piso. Doy un salto instintivo a mi derecha y ruedo por el pasto. La lluvia de balas ahora va y viene en ambas direcciones, desde la casa y hacia ella y yo me arrastro por el pasto hasta quedar a cubierto del lado de una ventana que da a la planta baja. Los hombres del Loco empiezan a ganar posiciones y se atreven a avanzar hacia el interior de la casa. La masacre gana las habitaciones y rincones de la mansión del Inca.

Una llamarada se levanta voluminosa desde el río y veo arder el yate de Ayala. Aturdido y sin saber exactamente qué hacer, me arrastro hasta dar la vuelta en un de los rincones. Ahora los tiros se escuchan por todos lados, amplificados en el eco del interior de la construcción. Es un sonido de vidrios rotos pero también de dolor y muerte y me pregunto cómo estarán las cosas ahí adentro. Me arrastro cuerpo a tierra con la Bersa en la mano y estoy llegando hasta el final de la pared. Del otro lado se escucha una respiración agitada, como de alguien herido.

Me pongo en cuclillas y me asomo al otro lado del rincón. Luis "el Boliviano" Choque respira agitado contra la parrilla de cemento en el quincho al final de la propiedad, sosteniéndose el pecho con una mano mientras apunta a la puerta trasera de la mansión con una 9 mm.

Pongo fin a su miseria sin que él siquiera llegue a saber de dónde viene la bala que le atraviesa el cuello. Vuelvo a ponerme cuerpo a tierra justo en el instante que una balacera atraviesa el aire. Giro el cuerpo sobre el piso y quedo de frente al "Cebolla" García que me siguió el rastro y tiene un segundo de inmovilidad, intentando entender cómo fue que no me la dio por la espalda.

—Hijo de puta.

—Tus últimas palabras, Cebolla.

Disparo pero no le doy y me arrastro atrás de la pared. El Cebolla en cambio no tiene a dónde ir para ponerse a cubierto y apenas me asomo al borde lo veo correr hacia el frente de la mansión, buscando la seguridad del borde contrario al mío. Disparo de nuevo y veo como se le forma una mancha rubí en la espalda. Cae de frente al piso con los brazos abiertos. Siento la mano temblorosa. Trago saliva, todavía queda algo por hacer. Con el camino despejado me muevo hasta el fondo, pasando el quincho y casi sobre el borde del río, me tiro al piso y empiezo a buscar la puerta trampa. Desde la casa que quedó atrás mío sigue llegando el intermitente traqueteo del plomo destruyéndolo todo. Palpo el piso, me arrastro y por fin siento un anillo de metal en el piso. Lo engancho y tiro hasta que se abre la escotilla y aparece una escalera de piedra fría. Bajo. El túnel es estrecho y claustrofóbico. Me meto y empiezo a transitarlo. Cada tres metros una lamparita pelada de 25 watts ilumina apenas el tunel. Avanzo unos últimos metros hasta que me topo con una pared y se termina el túnel. La palpo buscando una salida pero no hay nada y entonces intento con el techo. Suena a hueco. Golpeo hasta que se desprende la puerta trampa y entra una luz enceguedora en el túnel. Salgo a la superficie de rodillas y respiro una bocanada de aire que me invade los pulmones. Me levanto y lo veo todo: a mi alrededor una mesa, el piso de concreto, una sierra eléctrica manchada de sangre. Equipos de jardinería y torturas. Dos sillas en el centro de la habitación, manchadas de sangre que salpica las paredes y el piso. Estoy donde mataron a Gladys y a su hermano.

Del otro lado de la puerta escucho los pasos de alguien acercándose. No llego a reaccionar; la puerta se abre de golpe y una sombra marrón se arroja encima mío y me muerde la mano obligándome a soltar la pistola. Es Quijada, el *pitbuell terrier* del Inca Ayala. Sacudo el cuerpo, el perro golpea contra el piso pero no me suelta y lo vuelvo a intentar, una y otra vez hasta que el animal empieza a perder fuerza y por fin se desprende. Me controla con sus ojos desafiantes, está agotado, se relame la sangre en su boca, tiene los colmillos partidos. Me mide y le devuelvo una mirada furiosa. Entonces gime lastimado y sale corriendo con la cola entre las patas por la puerta por donde entró. Pero ya es tarde para mí, por esa misma puerta, sin prestarle atención al animal aparece corriendo Walter Ayala. Me ve en el piso, sangrando, tomándome la mano lastimada y sin voluntad.

Sonríe. Levanta su pistola calibre .38 y la apunta a la altura de mi cabeza.

—Mario ¿me creerías si te digo que es una lástima que hayamos tenido que llegar a esto?

—No tenías por qué matar a Gladys. Ella no tenía nada que ver.

—No, pero lo hice igual.

Da una vuelta alrededor mío saboreando su momento de triunfo.

—Es cierto que quizás fue un poco excesivo. En especial lo de su hermano. Pero cuando la traje acá y lloraba y suplicaba por su vida le pregunté qué había hecho por vos y ahí lo delató. Y la verdad es que yo necesitaba calmarme los nervios, Mario. Me pusiste muy nervioso vos y toda esta situación inesperada.

—Todo fue para nada.

—¿Para nada? ¡pero si te tengo justo donde te quería!

—Es curioso, no te veo reír —le digo.

Hace una mueca extrañada, me contempla un instante y ve en el reflejo de mis ojos por qué yo ahora sí estoy sonriendo. Empalidece y el disparo de una escopeta retumba en la habitación. Los ojos de Ayala se ponen en blanco, su boca se abre intentando una última palabra que no sale, se lleva la mano al pecho, respira con dificultad, toca su propia sangre, sus dedos intentan tapar los agujeros viscosos que se le formaron a la altura de los pulmones, se apoya contra la pared y comienza a deslizarse hasta quedar sentado en el piso, trazando la bandera de su patria en sangre sobre la pared blanca en su caída final. Irónica forma de despedirse.

La Bersa. Me arrastro por el piso hasta tocarla, la tengo entre los dedos pero la pierdo en ese mismo instante, la punta de una bota de cuero la empuja lejos de mi alcance. Alzo la vista pero no hace falta; ya sé quien le disparó al Inca. Acaba de entrar el Loco Bautista y tiene a Lucía encañonada en la cabeza. Retrocedo, me arrastro sentado hasta que me topo con la pared del fondo. Estoy de nuevo como contra Edgar Flores en mi oficina pero esta vez se me acabaron los trucos. No hay escapatoria.

—Debo decirte Mario que no me decepcionaste. Cumpliste con tu parte, limpiaste el camino e hiciste que todo esto sea más fácil.

—¿Qué pasó?

—Allá afuera están todos muertos.

—Sólo quedamos nosotros tres. Que linda forma de terminar todo esto ¿no te parece?

—¿Qué querés?

—¿De vos? nada más. Ya me serviste. No pensaste que los iba a dejar ir con vida esta noche ¿no?

—En algún momento sí lo creí. Que iba a terminar la noche y nos íbamos a dar la mano y cada uno se iba a ir por su lado. Por algo te dicen el "Loco" ¿no?

—Un ingenuo más.

Lucía llora.

—Perdoname Mario, yo te metí en esto.

—No nena, yo fui el que te metió en todo este quilombo, perdoname vos a mí.

—Vaya, momento de confesiones. ¿Terminaron? Me aburre el melodrama.

Se pone en cuclillas sin soltar a Lucía y toma mi Bersa Thunder III.

—Creo que morir con tus propias balas es lo más justo Mario — dice sentido y me apunta a la cabeza.

Pero el disparo que nos sacude a todos no viene de mi pistola, ni siquiera de la suya. En cambio es él el que cae muerto al piso. Lucía grita aterrada, se desprende del brazo flojo de Bautista. Al otro lado de la habitación, el Inca Ayala sostiene su .38 humeante a la altura de su pecho agujereado.

—¡Lucía! —llego a gritarle y se tira al piso justo para esquivar la segunda bala que se incrusta contra la pared, a centímetros de mi cabeza.

El Inca escupe sangre, intenta levantar la pistola pero se le escurre entre los dedos y su brazo cae al lado de su cuerpo, en su cara queda el rastro de una sonrisa que no terminó de formarse.

—Se terminó —digo.

Lucía se pone de pie, me alcanza la mano y me ayuda a ponerme de pie.

—¿Es cierto? ¿están todos muertos ahí afuera?

Asiente sin decir nada.

—Entonces salgamos de acá cuanto antes.

Paso el brazo por encima del hombro de Lucía y rengueo a su lado.

—Esperá —me dice mientras me apoya en el marco de la puerta.

—¿Qué vas a hacer?

—Lo que vos me enseñaste —dice y cruza en diagonal la habitación hasta donde está la motosierra al lado de un bidón blanco lleno de nafta. Lo levanta y rocía su contenido sobre el cuerpo de Ayala, después hace lo mismo con el del Loco Bautista. Vuelve a tomarme del hombro y caminamos hacia afuera, subimos una escalera oscura mientras ella sigue trazando un sendero de combustible a nuestro paso. Salimos a la cocina, hay cuerpos y rastros de sangre por todas partes, vidrios rotos, vajilla por el piso, el living no está mejor, todo hecho añicos y distingo los cuerpos de dos de los hombres del Loco Bautista encimados al de Germán Montaño que es solo una masa agujereada en el medio del pasillo.

Salimos a la noche y Lucía tira el bidón vacío adentro de la casa. Busca su encendedor, lo prende y lo arroja adentro. Las llamas siguen el sendero trazado y pronto comienzan también a alimentarse de las alfombras, las cortinas, todo lo que encuentran a su paso.

Lucía me ayuda a caminar hasta que llegamos a las reposeras desde donde el Loco Bautista observó el comienzo de todo esto.

Contemplamos las llamas que ahora consumen toda la mansión y se levantan emparchando de luz amarilla el cielo que empieza a desplegar sus últimos momentos de noche.

—¿Era necesario eso?

—Me dijiste que tenía que asegurarme de que los que quiero muertos queden muertos. Eso fue lo que hice.

28

¡De pie hijo de puta!

Me siento ligero, liberado. Caminamos sin decirnos nada hasta el río.

Todavía falta un rato para que termine de despuntar el sol pero el cielo comienza a teñirse del anaranjado del amanecer en el horizonte. Mientras tanto la luna no termina de irse y el firmamento parece partido al medio, dividido en una batalla entre la noche que no termina de irse y el día que no termina de empezar y de fondo las llamas que se alzan desde la mansión de Ayala.

Me llevo las manos a la cintura, respiro hondo, siento que el aire frío se mete demasiado rápido, me quema las fosas nasales, pero también se siente bien, vivo, fuera de peligro.

—¿Tenés un cigarrillo? —le digo a Lucía.

—¿No era que fumar no estaba bien?

— Sí. También te dije que había ocasiones especiales en los que lo necesitaba.

—Dijiste algo de fumar un puro.

—Se hace lo que se puede.

—No Mario, no tengo más cigarrillos.

Empiezo a sentir como me crujen los huesos, los músculos cansados comienzan a pedirme que por fin descanse en una cama decente, sin el péndulo de la muerte sobre mi cabeza.

—Bueno nena, creo que hasta acá llegamos vos y yo —le digo.

Lucía se para al lado mío, baja la cabeza, murmura algo que no llego a comprender y entonces sin decir nada se abalanza encima mío. No la veo venir, sólo sé que un segundo atrás estaba parada a mi lado y ahora la tengo encima, es rápida. Me empuja, caemos al pasto húmedo y rodamos. Ella tiene más fuerza, más motivos por los que vivir, me domina con facilidad.

—¡Hijo de puta! —grita y me saca la Bersa Thunder de la sobaquera. Está parada enfrente mío, yo en el piso, empiezo a incorporarme, quedo de rodillas.

—Así, quedate así hijo de puta —el caño de la pistola me apunta a la cabeza. Siento que volvimos al principio. Sólo que esta vez no soy yo el que le apunta a un rockero amateur. Ahora yo estoy de rodillas y ella me apunta.

—Dispará. Pero ya aprendiste la lección: asegurate de que quede muerto. Meteme una bala en la cabeza y después cuando esté en el piso una o dos más para asegurarte.

Me da vuelta la cara de un culatazo. La boca se me llena de sangre que escupo a un costado. Siento una extraña paz en el hecho de que todo se termine acá. Después de todo, supe desde el comienzo que esto es lo que soy, mercancía dañada y anónima en medio de la perfección hasta que alguien se de cuenta y me saque del exhibidor de una buena y merecida vez.

Duda. Siento que todos los dolores de mi cuerpo vuelven, se expanden, se hacen más intensos.

—¡Dale! —grito —¡dispará, carajo! ¡terminá con esto de una buena vez! Merecés completar tu venganza.

Veo su transpiración: en la cara, en los dedos, la pistola tiembla entre sus dedos, entrecierra los ojos para evitar que las lágrimas le nublen la visión.

Duda de nuevo. Abro los brazos, estoy dispuesto a abrazar a la muerte, cierro los ojos. No dispara. Vuelvo a abrirlos.

—No te voy a matar. Sería hacértela demasiado fácil.

—Si no me matás, ¿qué te hace creer que no voy a ir por vos? Ya sabés que no dejo cabos sueltos.

—Es algo que no sé, pero confío en que no lo vas a hacer.

—¿Por qué?

—No sé —reflexiona —decile intuición si querés.

—¿Y si te equivocás? ¿vas a correr ese riesgo?

—¿Sabés que pasa Quiroz? —dice y baja la pistola —tu vida es una condena. Y yo puedo ser bastante pelotuda pero no voy a ser la que te libere del castigo que te queda por vivir.

Me estampa la pistola contra el pecho.

—Tomá, hacé lo que tengas que hacer. Yo no te voy a salvar.

Se da vuelta, me da la espalda y empieza a caminar sin prisa hacia donde está saliendo el sol. El nuevo día ya le terminó de ganar a la noche y se despereza con fuerza brillante.

La veo irse, ahora ya está a unos diez metros, y siento que la voy a extrañar. Pero se me pasa rápido.

Contemplo la pistola entre mis manos y la vuelvo a guardar en la sobaquera.

Siento olor a jazmines frescos y lavanda. Entonces me doy cuenta de que recuperé el olfato. Es la primera vez que puedo sentir un aroma desde el día en que llegué a casa y Mercedes ya no estaba.

Ya no sangro.

Me pongo de pie.

EL CAMINO DEL INCA

Antes de ser *el Inca* Ayala, el rey de la villa, el comercio ilegal de cocaína proveniente de su Perú natal y de cruzar su camino con Mario "La Iguana" Quiroz, Walter Ayala fue un adolescente recién llegado a una ciudad hostil que no conocía en un país muy lejos de su casa. Enviado por Don António a afianzar el negocio en el cono Sur y también para escapar de la venganza de Amilcar Montes, en esta *precuela de Sangre por la herida* conoceremos el sangriento camino a la cúspide del bajo mundo que atravesó Walter Ayala, la forma en la que se conoció con quien luego sería su enemigo Franklin *El Loco* Bautista, cómo construyeron su amistad, cómo conoció a Lucía Zabala y cómo un día todo eso comenzó a desmoronarse.

A sus diecisiete años le dijeron a Walter Ayala que tenía dos opciones: bajaba para Buenos Aires o recibiría una bala que llevaba escrito su nombre.

La advertencia había resonado como algo extraño para el muchacho que apenas tenía una leve noción geográfica de su pueblo natal, Celendín y la selva que la rodeaba donde vivía hacía ya varios años luego de escapar de su casa, donde su madre se había prostituido por monedas con los hombres más ruines del pueblo.

Eso había sido hasta una noche lluviosa en que el propio Walter, con apenas doce años, había descargado un cargador de 9 mm sobre el cuerpo de su madre y dos hombres en pleno acto sexual.

De su padre nunca había tenido noticias y había aprendido a vivir atribuyéndole todos los males desde el momento mismo de su concepción. Se sabía el resultado de una noche de placer para un paseante que había usado a su madre como luego la habían usado cientos. En esa sangre sucia que lo había engendrado veía la desgracia de su conformación física: delgado y debilucho, poco agraciado de rostro, con los dientes torcidos y el pelo azabache pajizo. La viruela se la había agarrado viviendo en la selva, cuando había escapado de la casa de su madre, pero al igual que todo lo otro malo que le había sucedido, atribuía los pozos en su cara que le quedaron como testimonio de la enfermedad a su fantasmal padre.

Pero el que acababa de darle la advertencia para que se fuera de allí era quién él había tomado por padre y había aprendido a querer como tal: Don Antônio.

El brasilero ya tenía setenta y un años y sabía que no le quedaría mucho tiempo de vida en la selva. Con el deterioro vendría lentamente el declive. Walter lo sabía pero se negaba a aceptarlo.

El viejo lo había llevado a dar un paseo por el campamento y se habían detenido a la entrada, un pequeño claro rodeado de árboles fibrosos y añejos. Frente a la estaca que llevaba clavada la cabeza del traidor Gervasio Montes, el capo le dio el ultimátum.

—Gervasio tenía un hermano, Amilcar. Vive en Huaraz. Como su hermano es aliado. Pero quién sabe hasta cuándo. Por estas horas ya debe saber que Gervasio me traicionó e intentó matarte usando a su hijo Augusto como cómplice. Sobretodo debe saber que ambos están muertos. ¿Sabes qué significa esto?

—Guerra.

—No de forma directa, hijo. No se atrevería a levantar el dedo contra mi poder, mucho menos luego de esto —dijo el anciano y acarició la cabeza estacada de Montes espantando unas moscas gordas que se habían posado a darse un banquete —pero ¿qué pasará cuando ya no esté aquí para defenderte?

—No diga esas cosas Don António.

El viejo se apoyó en el bastón y contempló la inmensidad que se abría desde el cerro. Enclavado en una olla baja empezaban los asentamientos de la ciudad.

—Has demostrado ser una pieza valiosa Walter.

—Dígame tan solo a quién debo meterle un tiro entre las cejas y pum, me lo cobro.

—Vas a ir a Buenos Aires. Vas a expandir el negocio.

Durante un instante el joven y el viejo se quedaron en silencio.

Era la primera vez que Walter escuchaba ese nombre y pensaba que sería alguna ciudad de la costa pacífica del Perú. El viejo se sentía reblandecido por la edad y experimentaba en su interior algo que nunca había sentido: pena por la partida de ese chico al que había perfeccionado, tomando apenas a un desnutrido muchacho que se había aparecido a las puertas de su campamento sin nada encima más que ansias de sangre hasta convertirlo en una máquina de matar cruel y sin ningún sentido de culpa.

—Cuando estuve en el reformatorio —dijo Walter —todos los días pensaba en mantenerme con vida para poder volver aquí. Desde que llegué a este lugar decidí que mi vida sería a su servicio Don António.

—Por eso mismo es que necesito que bajes. Vas a expandir el negocio y vas a quedar lejos de la bala que lleva tu nombre.

Al día siguiente Walter Ayala se despidió discretamente del viejo y de los demás y cargando apenas un bolso y la semiautomática Imbel M973 de 9mm con la que había llevado a la tumba a su propia madre.

El chico bajó de un micro en la estación Retiro de Buenos Aires luego de casi dos semanas de viaje para recorrer los cinco mil kilómetros que separan Celendín con la capital argentina. El trayecto había sido incómodo y casi eterno; lleno de combinaciones de autobuses que paraban en cada pequeño pueblito perdido en las sierras peruanas seguido de transporte particular que lo había alcanzado algunos kilómetros para abaratar el costo del siguiente pasaje. Había tenido que cruzar la frontera con Bolivia a pie, atravesando la reserva Aymara de Lupaca para evitar la aduana donde sabía que su camino terminaría bajo la orden de captura que pesaba sobre su cabeza. Desde allí había viajado hasta La Paz, luego Oruro y combinando carreteras había logrado llegar al pueblo fronterizo de Villazón donde había pasado una noche durmiendo en un asentamiento de lado de una avenida de tierra. Había cruzado el cauce raquítico del Río Quiaca a pie y luego había conseguido que un camión que transportaba pollos lo llevara hasta San Salvador de Jujuy donde juntando casi la totalidad de lo que le quedaba de dinero pudo pagarse un pasaje hasta Buenos Aires. Ahí había terminado el trayecto: en esa estación sucia y lúgubre.

Tomó su bolso, le dio los últimos Nuevos Soles que tenía al tipo que se lo alcanzó desde el portacargas quien recibió el billete y las monedas con expresión de fastidio, sin saber qué se suponía que debía hacer con esa moneda extranjera, y caminó con tranquilidad, estirando los músculos atrofiados, hacia la salida de la estación. En su bolsillo llevaba un papel arrugado que decía solo el nombre Franklin Bautista y la dirección de una pensión.

Era plena noche cerrada. Los vagabundos arropados con cartones descansaban a los pies de las escaleras de la terminal y el sol estaba todavía bien escondido pese a que faltarían apenas unas horas para que se despertara radiante. Sabía que no podía ir a visitar a su contacto a esa hora. Lo mejor iba a ser llegar al mediodía cuando se estuviera despertando. No quería empezar con mal paso la relación con el único contacto que Don António le había facilitado en esa nueva ciudad.

Cruzó la calle Ramos Mejía hacia una plaza apenas iluminada. Unos pocos colectivos remolones se desplazaban con el ruido ronco de sus motores antiguos y unos perros solitarios y perdidos deambulaban en busca de algún bocado. Walter se sentó sobre un incómodo banco de piedra, se cercioró de que no hubiera nadie a su alrededor, acomodó su bolso en un extremo y se acostó apoyando la cabeza sobre éste. Tenía hambre y frío, pero un sueño mucho más contundente y al instante se quedó dormido.

Una punción en las costillas lo despertó apenas una hora más tarde. Abrió los ojos sobresaltado y se vio rodeado de tres tipos.

—¿Qué hacés acá? —dijo uno. Eran apenas tres sombras oscuras que se recortaban sobre el fondo de la luz blanquecina de la luna.

—¿Qué parece que hago?

Walter comenzó a sentarse y una mano se apoyó sobre su pecho.

—Quedate quieto.

Lamentó no haber sacado la 9 mm de su bolso. Ahora ya era demasiado tarde.

—Nos vas a dar toda la guita así bien piola, ¿estamos?

—No tengo dinero.

—¿"No tengo dinero"? ¿de qué mierda hablás? Largá todo antes que te caguemos a palos.

Walter intentó enderezarse nuevamente pero recibió un golpe en la cabeza. Cayó de espaldas sobre el banco de piedra y luego una patada en el pecho lo arrojó al piso. Otra patada le sacó sangre de la boca y luego un encadenamiento de patadas y trompadas en todo su cuerpo lo desarmaron por completo hasta convertirlo en una masa de dolor y músculos lacerados. Pero no estaba hecho para rendirse por lo que intentó ponerse de pie. Apoyó las manos contra el piso y comenzó a ponerse de rodillas cuando una nueva patada en el brazo derecho lo hizo morder el polvo.

Escuchó risas a su alrededor y más patadas en la espalda y la cabeza que se repitieron en una ráfaga interminable. Entonces lo dejaron solo, echando sangre por la boca y con el cuerpo dolorido.

Se aferró al banco de piedra con una mano e hizo un último esfuerzo para poder subir nuevamente. Se habían llevado su bolso. No le importaban las escasas pertenencias, le importaba su 9 mm. Pero lo que más le molestaba de todo eso había sido la humillación. Nadie se hubiera atrevido a meterse con un sicario de Don António en toda Cajamarca y más allá. Al menos nadie que quisiera seguir conservando sus pelotas. Y ahí, en esa ciudad nueva, él, Walter Ayala, el asesino de su propia madre, el ángel de la muerte que podía disparar con perfección al centro entre las cejas de cualquier objetivo subido a una moto a toda velocidad por las callejuelas de su Celendín natal, no era nadie. O era menos que nadie, era un despojo, un montón de basura al que se podía patear, pisotear, humillar y robar.

Lo único que le había quedado en el bolsillo era el papel arrugado con la dirección de su contacto en esa ciudad. Tomó el papel y lo contempló una vez más. Una gota de sangre cayó sobre el nombre borrando "Franklin" debajo de su espeso carmesí que al fulgor plateado de la noche se volvió inconfundible con una mancha de tinta. Memorizó la dirección y cerró el puño convirtiendo el papel en un bollo que arrojó bien lejos.

TÍTULOS DE LA SAGA RITUALES

01.
Rituales de sangre
(Firmado como Alejandro Soifer)

1.5.
Sangre por la herida

02.
Rituales de lágrimas
(Firmado como Alejandro Soifer)

Próximamente

00.
El camino del Inca

9 781739 076573